木枯らしリョウマ異国道中記

謙虚なサークル

Illustration：転

目次

❖プロローグ……003
❖一・クズ鉄冒険者。……019
❖二・料理人な冒険者。……069
❖三・魔物と冒険者。……125
❖四・魔物使いと冒険者。……187
❖五・魔物使いと小森人、そして冒険者。……265
❖エピローグ……295
❖特別収録・リョウマの大陸メシ……301

❖プロローグ

港町ベルトヘルン、大陸に無数にある、ごく普通のありふれた町。

一人の青年がそこへ足を踏み入れた。

年の頃は二〇代前半くらいだろうか、黒い瞳とざんばら髪。そこそこ筋肉質ではあるが、背丈はやや低めという風体。

容姿以上に特徴的なのは、その風体だった。

キノコの傘のような特徴的な形をした編み笠を被り、肩には青と白の縞外套、腰には漆で塗られた鞘に収められた刀が一振り、ぶらりと下げられていた。

靴の代わりに縄を編んだ下履きを念入りに括りつけ、衣服は布を巻き付けたような頼りない着こなしであった。


——異国人、そんな言葉が時折青年の耳に届く。


青年の出身地はこの大陸から遥か遠くにある、小さな異国の島国である。

黒い瞳と髪を持つその民族は、この大陸では滅多に見る事はない。

それこそ獣人（ワービースト）や森人（エルフ）、鉱人（ドワーフ）の方が多いくらいである。

周りの者からの奇異の視線を受け、青年は編み笠を斜に構えた。

「ヘッ、大陸の風ってぇのは、冷てェや」

そんな言葉とは裏腹に、青年は口元に笑みを浮かべていた。

青年が遠い異国からはるばるこの街にやってきた目的は一つ。

冒険者になることだった。

青年が幼い頃、ふらりと村に立ち寄った旅人の語った冒険譚。

色々なところで食べた美味い物、息を飲むような美しい景色、凶悪な魔物、それを倒して得た財宝
……

——でもな少年、俺はずいぶん旅をしてきたがよ。一番大切なものは「信じられる仲間」ってやつさ。それがなけりゃあ何を食べたって、何を見たって、何を倒したって、何を得たって、つまらねぇもんさ。だからよ、少年。冒険者になったら仲間を作れ。きっとスゲェ楽しいぜ！

旅人のその言葉が少年の胸を打った。

本当に楽しそうな旅人の横顔は、今も目に焼き付いている。

それからずっと、少年は冒険者を夢見て我流で腕を磨いてきた。

実家の煎餅屋では用心棒をし、毎日の鍛錬も忘れなかった。

幼い頃からずっと、ずっと思い描いてきた夢のために。

そうして少年は青年になり、元服をして旅立ちを許されるとその日のうちに荷物をまとめて、村を出た。

島国には数える程しかない大港に行き、大陸行きの船に乗り、何度も船を乗り継ぎ、旅を続け、ようやく辿りついたのである。

冒険者ギルドのあるこの港町、ベルトヘルンに。

――遠き日に憧れた冒険者になるために！

ざり、と青年は力強く土を踏みしめた。

土煙が風に、霧散して消えた。

青年の前には大きな看板に「冒険者ギルド」と書かれた建物があった。

「たのもう！」

勢いよく扉を開け、青年は建物の中に足を踏み入れるのだった。

❖

「審査が終わりました。ツムジ＝リョウマさん。あなたの冒険者としてのランクは鉄等級……見習いということになりますね」

とん、とんと書類を整えながら、受付窓口の前で受付嬢は言った。

その表情には感情の色はなく、青い瞳が冷たい印象をさらに強めていた。

美しく整えられたブラウンのショートヘアがさらりと目元を隠した。

受付嬢は白い手袋に包まれた手で、すっと鈍色のプレートを差し出した。

リョウマと呼ばれた青年は、それを信じられないと言った顔で見る。

この小さなプレートは、冒険者としての身の証を立てるもの。

冒険者の階級は極金、輝金、金、白銀、黒銀、銀、赤銅、青銅、銅、鉄の十等級からなり、仕事をこなしていく事で階級が上がっていく。

階級ごとに受けられる仕事が決まっており、例えば凶悪な魔物退治や魔族などを倒すような仕事は金一人以上、銀三人以上といった具合だ。

その中でも鉄等級というのは警備や土木工事、畑仕事、その他様々な街の雑用を任される、冒険者としては最下に位置する階級だ。

最大の特徴は、戦闘行為を必要とする依頼を受けられないというもの。

冒険者とは名ばかりの見習い……それが鉄等級冒険者なのである。

ちなみに普通の成人男性なら、大抵は銅等級から始まる。

特殊な技能を持たぬ老人やけが人、女子供など、あからさまに戦闘技術や生存能力が低いとみなされた場合にここに割り当てられるのだ。

リョウマは窓口に乗り出すと、受付嬢をじっと睨んだ。

「そりゃあちょっと、納得がいかねぇな」

静かに、ではあるがリョウマの口調は明らかな怒気を孕んでいた。

編み笠の奥で、リョウマの鋭い目が受付嬢を睨み下ろす。

「俺はここに来る道中、海を渡り山を越え、様々な魔物を狩ってきた。それなりに腕は立つと自負している。で、それが鉄等級ってのはわからねぇ」

「そう言われましても審査の結果ですので」

受付嬢は全く怯む様子もなく、反論するリョウマに冷たい視線を返す。

海千山千の冒険者たちを何年にもわたり見てきた受付嬢にとって、リョウマの―すごみなどどうという事はない――とでも言わんばかりの反応だった。

だがリョウマとて、引き下がるわけにもいかない。

何せ審査には銀貨二枚を支払う必要があった。

それはリョウマが持っていた旅の路銀の半分であった。

はいそうですかと引き下がれるものではなかった。

「せめてそう判断した基準だけでも聞かせてほしいもんだが」

「規則ですのでお答えできません」

だがそんなリョウマの事情など知った事ではないと、受付嬢は、ばっさりと冷たく切って捨てた。

情の一欠片すらもない鉄面皮にリョウマは舌を打つ。

しばし沈黙。諦めきれぬリョウマはもう一押しと言葉を続ける。

「なぁ……」

「おいおいにーちゃんよぉ！」

――続けようとしたリョウマに、声を被せてきたのは軽鎧（ライトアーマー）を纏った一人の男。

大きな槍を肩に担ぎ、威圧感たっぷりにリョウマを見下ろしている。

胸に下げられた銀色のプレートは、彼が銀等級冒険者であると示していた。

槍使いの男は挑発的な笑みを浮かべ、リョウマを睨んだ。

「あんまり嬢ちゃんを困らせるんじゃねーぜ！　なぁおい！」

槍使いの男の息は少々酒臭かった。

冒険者ギルドは酒場と一体化しており、冒険者同士の諍い事など日常茶飯事であった。

リョウマは槍使いの男を睨み返す。

「俺は鉄等級と判断した理由が聞きたいだけだ。安くない登録料を払っているんだから、不当な評価に抗議するのは当然の権利だろうがよ」

「おめぇが冒険者に向いてないって教えてくれたんだろ？　冒険者ってのは命賭けだ。命をなくす前でよかったじゃねーか！　カカカっ！」

「……ハァ？」

大笑いする槍使いの男に、リョウマはゆらりと殺気を漏らした。

ゴツゴツとした傷だらけの手は、刀の柄に触れていた。

「自分の命の使い方を、人にどうこう言われる覚えはねェな」

「ほぉ、鉄等級風情が言うじゃねぇか……なら、試してみるかい？」

リョウマの殺気を受けてなお、槍使いの男はニヤリと嗤う。

手にした槍をぶん、ぶんと何度も回し、石突で床を叩いた。

見た目にそぐわぬ流麗な槍捌き、銀等級は伊達ではないとリョウマは思った。

同時に、周りから大きな歓声が上がる。

「おお、やれやれ！」「ケンカだ！」「ぶっ殺せぇ！」

好き勝手に声を上げ、盛り立てる酔っぱらいたち。

冒険者同士の喧嘩なんてのは彼らにとってはまたとない余興である。

「さぁ張った張った！　どちらが勝つか!?」

「槍使いだ！」「俺は異国のだ！」「槍使い！」

たちまち始まる大騒ぎ。

賭けやらなにやらまで始まり、止める者など誰一人いなかった。

そんな乱痴気騒ぎすら、中心の二人には聞こえていないかのようだった。

手にした槍をゆっくりと傾けながら、槍使いの男は言った。

「俺に勝てたら銀等級冒険者と同程度の腕はある……そう受付の嬢ちゃんにアピール出来るかもなァ？」

「……」

無言のまま、リョウマは腰に下げた刀に手を掛ける。

妹から旅の御守りにと貰った鈴がしゃりんと鳴った。

互いの戦意が交わると、空気が乾き、軋み始める。

一触即発——二人の得物がぎらりと輝いた瞬間である。

「やめなさい！」

受付嬢が声を上げた。

張り詰めた空気は弛緩し、二人は振りかけた得物を持つ手を緩める。

すっかり戦意の行き場を失った二人を、受付嬢は順に睨みつけた。

「煽るような真似はやめて下さいドレントさん、暴れるようなら出て行ってもらいますよ」

「おいおい、嬢ちゃん。俺はからかっただけだぜ？　まともにやり合う気なんて全くねぇ。ほら、槍だって構えたのは石突だ」

「どっちでもいいです。争いは厳禁です。あまり問題を起こすようでしたらあなたも鉄等級へ引き下げますよ」

「うぐっ……ちっ、わかったよ」

まずは槍使いの男、ドレントを。

ドレントは槍を下ろし、渋々元いた椅子へ戻って腰を下ろした。

ギルドでの印象が下がれば、冒険者として満足に活動する事も出来なくなる。

仕事は減り、手当も減り、仲間も減る。

個人に依頼が来るような金等級以上であればともかく、せいぜい熟練レベルの銀等級ではそれは死活問題だ。

ドレントはテーブルに肘をつき、窓の外を見ては悪態をついた。

「……貴方もです。リョウマさん。言っておきますが強さだけが冒険者の資質を測る基準ではありません。あそこで挑発に乗り暴れるようなら、鉄等級の資格すらも剥奪していましたよ」

次にリョウマを、受付嬢は睨みつける。

鉄等級では冒険者としての活動は出来ないが、身元の保証くらいは出来る。

それすらなくなれば、余所者のリョウマには街に住むことすら許されない。

「……へっ」

それ以上何も言えなくなったリョウマは、両手を上げて降参とアピールした。

受付嬢はほんの少しだけ優しい顔をして、リョウマに言った。

「鉄等級でも出来る仕事は町にあります。ここで暮らしていればそのうち階級が上がる事もあるかもしれません。実績を積んでください。そうなったらまた、いらして下さい」

「わかったよ」

これ以上揉めても事態の進展はなさそうだ。そう判断したリョウマはプレートを受け取ると、ため息を吐いて冒険者ギルドを後にした。

そんなリョウマを見送る一人の優男。

優男の手には、一枚の紙が握られていた。

❖

「やぁそこの君、ちょっと待ちたまえよ」

冒険者ギルドから出たリョウマを、一人の優男が呼び止めた。

整えられた金色の髪に、装飾のはいった鎧をまとっていた。

手甲と盾、肩に備えた剣にも同様に装飾が。

豪華な装備は、優男の懐具合の良さを物語っていた。

振り返るリョウマに、優男は白い歯を見せ笑いかける。

「僕の名はレオン、冒険者をやっている者だ。後ろのはルファにメアリス」

レオンと名乗った優男は、後ろの女性二人を紹介した。

ルファは帽子を深くかぶった魔導師。メアリスは弓を携えた森人(エルフ)の娘だった。

やたらと華美で、かつ露出度の高い服装だった。とはいえ冒険者。

恐らく魔術が施されている類のものだと思われた。

そうして見ると、二人の装備もまた、金がかかっているように見えた。

「ちなみに僕の階級は赤銅、二人は銅だよ」

「よろしく」

「……ふん」

二人はぶっきらぼうな様子でリョウマに挨拶をした。

その目の奥では汚らわしいものを見るかのような色が見て取れた。

なんとなく苦手な連中だと思いつつも、無視をするのも礼に反するかと思いリョウマは名乗りを返す。

「……リョウマだ」

「ふぅん」

レオンはジロジロとリョウマを上から下までねめつける。

そして訝しむリョウマに、言った。

「リョウマ……ふむ、なるほどね。君が冒険者になれなかった理由がわかったよ」

「どういう意味だ？」

「その名、髪色、そして出で立ち……君は異国の人間だろう？」

レオンの言葉にリョウマは片目を閉じて舌打ちをした。

やはりか、とレオンはため息を吐く。

「冒険者というのはまぁ、はぐれ者の集まりさ。でも大陸から遠く離れた異国人はその中でもより一層のはぐれ者……厳しい目で見られるのも仕方ない。特に街に来たばかりの君ではね」

「やれやれだ」

とはいえそういう話は理解できなくもなかった。

リョウマの故郷では人々は閉塞的で、よそ者には大層冷たかった。

当時出会った旅人も、冷たくあしらわれていたものである。

そんな扱いを受けても全く気にしない旅人に、リョウマは憧れたのでもあるが。

郷に入っては郷に従え、である。

目に見えて肩を落とすリョウマを見て、レオンはニヤリと笑う。

「そこで提案だ。実は俺たち、さっきこの辺りに大量発生したスライムを討伐せよとの依頼を受けたところなんだ。しかし丁度前衛が足りていない。よかったら一緒に来ないか？」

レオンが取り出したのは、一枚の紙である。

それには確かにスライム討伐の旨が書かれていた。

「……どういうことだい？　俺は鉄等級なんだろう？　戦闘任務の類は受けられねぇハズだが……」

きょとんとするリョウマに、レオンは耳打ちをする。

「実はこれ、裏技なんだが鉄等級であっても他の人が受けた依頼なら、便乗する事が出来るんだよ」

「ほう……」

なるほど、とリョウマは頷く。

どうしたものかと考えていたが、色々と抜け道はあるというのだとリョウマは悟った。

そして受付嬢の言葉を思い出していた。

やれることはある。そこで評価を上げてまた来い。という言葉を。

「その顔、僕が何を言いたいかわかったみたいだね。リョウマとしても悪くない話だと思うけれど？」

そう言ってレオンは手を差し出す。

リョウマはその手をじっと見る。

この男を信用していいのだろうか。

リョウマはレオンの爽やかな笑顔の裏に、何となく嫌な気配を感じていた。

躊躇するリョウマを見て、ルファとメアリスがレオンに声をかける。

「ねぇこの人嫌がってない？　無理に誘わなくてもいいよ。それにこの人がいなくても、レオンが守ってくれるんだしぃ」

「そうです。それに汚らわしい異国の男と行動を共にするなど……いいえ、男と言ってもレオンは構いませんが」

二人はリョウマへの悪意を隠そうともしなかった。

自分たちの旅に、邪魔な男を排除したいのだろう。

そんな二人を諫めるレオン。

「おい、二人ともダメだろ。そんなこと言っちゃあ。それに巣に潜るってなると、俺だけじゃ万が一もありうるだろ？　それに何かあった時も彼がいれば、俺たちだけでも逃げれるかもしれないだろ！」

その言葉はリョウマを慮るようなものではなかった。

むしろモノのような扱いに、リョウマは頭痛がしてきた。

だが効果はあったのか、二人は渋々といった様子でうなずいた。

「……レオンがそう言うならいいけど」

「確かに、肉壁はいても損はありませんね」

ひどい言い草ではあるが、リョウマの同行を承諾する二人に、レオンは顔を明るくした。

「だろう!?　よかったなリョウマ！　我がパーティにようこそ！」

「……」

あまりにひどい勧誘であった。

旅人の語った「信じられる仲間」とは程遠い、仲間。

リョウマは頭を抱えながらも、考えた。

(とはいえ、この話自体は悪くない……か)

レオンの提案に乗り冒険者として実績を積むのは確かに堅実だ。

というか今のリョウマには他に取れる手がほとんどないし、何より旅人はまずは最初に仲間を作れと言っていた。

最初は最悪の出会いでも、共に旅を続けるにつれいい仲間になる事もある、と。

しばし考えたのち、リョウマはレオンの手を取る。

「俺でよければ……よろしく」

「おお！　よろしく頼むよ！　リョウマ」

リョウマの手を握りしめるレオン。そして冷たい視線を向けてくるルファとメアリス。

そんな彼らに不安を覚えつつも、リョウマは冒険者としての一歩を踏み出したのだった。

❖一・クズ鉄冒険者。

「よし、それじゃあさっそく出発だ！」

声を上げるレオンに、ルファ、メアリス、そしてリョウマが続く。

依頼内容は、少し離れた場所に沸いたスライム退治。

スライムとは、液体をボール状に固めたような魔物である。

決して強い魔物ではないが亜種も多く、大小能力様々で、厄介な種類もいる。

リョウマ自身何度か戦った事があるが、数次第では油断のならない相手である。

それにパーティ内での連携などの話も全く出ない。

普通、新しくパーティに入った者は、そのパーティでの戦い方に倣うものだとリョウマは旅人に聞いていた。

個人の戦いとパーティの戦いは全く違う。下手に人を入れても、足を引っ張るだけなのだ。

だがそんな話もなく、のほほんと自分たちだけで会話をしているレオンたち。

リョウマの気分が良かろうはずもなかった。

そんなリョウマを不思議に思ったのか、レオンが声をかけてくる。

「どうしたリョウマ。さっきから無言だぞ」

「……打ち合わせとかはしなくていいのかい？　俺はあんたらの戦い方に合わせられないぞ」

レオンは不安がるリョウマに言葉を返した。

「なーにそこまで神経質になる事じゃないさ。相手はただのスライムだ。適当にやってればそのうち合ってくる」

「そうそう、あんたは前に出て時間を稼いでくれればいいから。私たちが後ろからどかんと倒してあげる。安心なさいな」

「初めての冒険ですからね、不安なのでしょう。せいぜい邪魔をしないでくださいね」

更にそれに乗っかるルファとメアリス。

わざわざ罵倒のおまけつきである。

「……そうかい」

「なぁに、俺たちに任せてくれれば大丈夫さっ！」

莫迦のように明るいレオンの笑い声があたりに響く。

リョウマは編み笠に手をかけ、くいと降ろした。

目元を影が隠し、彼らの姿はリョウマの視界から隠れた。


しばらく歩いただろうか。

森に入った辺りである。リョウマは辺りに気配を感じた。

「敵だ！　みんな、魔物が襲ってきたぞ！」

その直後、先頭を歩いていたレオンが声を上げる。

リョウマは即座に戦闘態勢に移行した。

「早速おいでなさったかい」

「スライムよ！」

レオンの前に現れたのは三匹のスライムだった。

のそのそと這いまわりながら、距離を詰めてくる。

獲物を狙う目でレオンを囲もうとしていた。

「ちょっと肉壁！　早く前に行きなさいよ！」

ルファがヒステリックな叫び声を上げた時には既に、リョウマはレオンのすぐ横まで駆けつけていた。

レオンにスライム三体を同時に相手する実力はないと判断していた。

「言われるまでもねェよ。くそ女」

「俺とリョウマで相手をするから、ルファとメアリスは後ろから攻撃してくれ！」

リョウマの呟きは、レオンの叫び声に打ち消された。

「わかったわ！」

「了解です」

甲斐甲斐しく返事をする女二人。

リョウマへの言葉とは、完全に声色が違っていた。

「リョウマ、一匹任せていいか？　僕は二体を相手する」

レオンはスライムに背を向け、リョウマに指示を出す。

隙だらけだろうがと内心で突っ込みながらも、リョウマは頷く。

「あいよ」

「頼んだぞ！」

レオンにスライム二体を任せ、リョウマは残った一体と対峙する。

のそり、のそりと機を窺うかのように近づいて来るスライム相手にリョウマは落ち着いたものだった。

何せ旅の道中に何度も戦ってきた相手である。

数体相手でもそう苦戦せずに倒せる……が、リョウマはレオンらの実力も見ておきたかった。

言うまでもなくパーティ内の実力は把握しておく必要があるが、何せ会話にならない連中だ。

ここはあえて時間をかけて戦い、その最中にレオンらの戦いの様子を観察してみるかとリョウマは考えた。

すらりと抜いた刀を逆さに向け、構える。

逆刃にて、加減して打ち合おうという算段だ。

スライムはぐぐぐと毬のように反動をつけ、リョウマに向かって跳ねる。

「ピギィィィィィ!!」

「っと」

それをリョウマは易々と躱す。

大きく避けるまでもない稚拙な攻撃だった。

何度もバウンドし、飛びかかってくるがその悉くを出来るだけダメージを与えぬよう、逆刃にて叩き落とし、振り払う。

スライムというのは数で襲いかかってくれば脅威だが、単体であればどうということはない。

適当にいなしつつ、レオンの方へと視線を向ける——

「ッ⁉」

その瞬間、リョウマの眼前を炎が掠めた。

着弾地点はスライムのすぐ横。

慌てて飛びのいたスライムが、ぴょんぴょんと飛び跳ねていた。

「ちっ！　しっかり押さえてなさいよこのマヌケ！」

「な……ッ⁉」

好き勝手なことを言うルファに思わず絶句するリョウマ。

「おい！　こっちは今、てめぇが撃った火の球に当たるところだったんだぞ！　しかも当たってすらねぇじゃねぇか！」

「あんたがちゃんと押さえてないからでしょう⁉　ちゃんと戦いなさいよね！」

「んだとこのアマ……っ⁉」

突然背中からの衝撃。

レオンがぶつかってきたのだった。

「っとと、おいリョウマ。気を付けてくれよ！」

「……当たってきたのはおめぇさんだろうがよ」

リョウマの言葉に、レオンは真面目な顔をした。

「おいおい、人のせいにするのはよくないな。さっきもルファに当たり散らしていただろう？　確かに最初の頃は失敗はつきものだ。だが人のせいにするのは――」

「莫迦！　あぶねぇだろ！」

いきなり説教を始めるレオンを蹴り飛ばし、後ろからのスライムの攻撃を避けさせる。

リョウマは返す刀で斬撃を繰り出し、スライムを両断した。

「いてて……何をするんだリョウマ！」

「助けてやったんだ。文句あるか？」

凄みを利かせるリョウマに、レオンはたじろいだ。

「いい加減にしなさい。肉壁」

静観していたメアリスが言った。

「レオンは敵を誘導してくれていたのよ。スライムたちを連れて動き回り、後衛が狙いやすいように位置取る。その方向にあなたがいたの。邪魔したのはあなたでしょう」

見れば足元には、矢に貫かれたスライムが二体、転がっていた。

確かにそういう狙いの動きだったのだろう。

チョロチョロと動き回れば敵との距離は離れ、後衛は確かに狙いやすい。

そういう連携もあると、リョウマは旅人に聞いていたのを思い出した。

だがそれは前衛が一人で、かつ後衛が下手な時限定の連携である。

まともなパーティがやるようなものではないと、旅人は笑いながら言っていた。

「あなたが邪魔をしたのよ。謝りなさい」

そしてメアリスは、リョウマに謝罪の言葉を求めた。

元々連携をするなど話にもなかったし、相談もなかった。

新参であるリョウマにわかろうはずもない。

だがいつの間にかルファも、レオンもリョウマを睨み付けていた。

理不尽な無言の圧力に、リョウマは舌打ちをした。

「……悪かったよ」

「ふん」

謝罪の言葉も、メアリスには到底足りないようだった。

重苦しい雰囲気を払うように、レオンが手を叩いた。

「まぁともあれみんな、お疲れ！」

「どっかの誰かさんのせいで、苦戦したけどねー」

ルファはそう言って、リョウマを睨んだ。

「こらルファ、そう悪く言うもんじゃないぞ。誰でも初心者の頃はそんなものさ」

レオンの叱咤は軽いもので、本気でルファを窘める気はないようだった。

「だってぇ〜」

「レオンに抱きつくのはやめなさいルファ！　見苦しいですよ！」

猫なで声でレオンにしなだれかかるルファに、メアリスが声を荒げる。

「へへ～ん、うらやましいならアンタもやればいいでしょ。この耳長～」

「く……これだから野蛮なニンゲンは……あぁいえ、レオンは除きますよ」

「こらこらお前ら、ケンカするなよな」

レオンの腕に片方ずつ、仲良く抱きつくルファとメアリス。

見事なまでに三人の世界が出来上がっていた。

リョウマは完全にのけものになっていた。


しばらくすると日が暮れてきた。

レオンが歩みを止め、声を上げる。

「今日はこの辺りで野営としよう」

「わかりましたわ。レオン」

「ちょっと肉壁、今日の食事係はアンタだからね。戦いでは足を引っ張っただけなんだから」

「……」

ルファの言葉に、リョウマは大きなため息を返した。

座り込むと、背負っていたずだ袋を足元に下ろして紐解いた。

中から深鍋と俎板（まないた）、柳刃包丁を取り出し、並べる。

リョウマにこれ以上言い争う気力はなかった。

「ふわぁー私、疲れちゃったから休んでるねー」

「魔術は精神力を削るからな。ルファは休んでいるといい。僕は哨戒をしてこよう」

「私は弓を手入れしておくわ」

準備を始めたリョウマを一瞥もせず、レオンらは各々散っていく。

カチャカチャと調理器具の擦れる音のみが、静かに響いていた。

「ま、料理なんてぇのは、一人の方がやりやすいってもんさね」

そう言ってリョウマは、ずだ袋の底に入れていた巾着袋から人参と大根を取り出した。

この大陸ではリョウマの田舎ではよく食べられているこれらの野菜がいくらでも自生しているのだ。

大して栄養のない荒地で生えていた為、細く痩せて味も落ちるが、それでも食べられない程ではなかった。

おかげで食材に困った事はない。

「そういえば卵もあったな」

今朝、偶然見つけた小鳥の巣から卵を拝借していたのである。そちらも別の鍋で茹でておく。

柳刃包丁でつるつると人参と大根の皮を剥き、ざく切りにして鍋の中に放り込んでいく。

いつもなら大根は分厚いのが好みだが、今回はやや薄く切っておく。

こうしておくと早く味が染みるのだ。ついでに卵の殻も剥き、入れておく。

更にずだ袋から木箱を取り出した。

木箱を開けると陶器の瓶が入っており、それを開けると黒い液体が入っていた。

醤油である。大豆を発酵させ、熟成させたモノから抽出したリョウマの故郷特有の調味料だ。

同じく取り出したみりんを、鍋に入れ混ぜた。

コトコト煮る事しばし、いい匂いが辺りに漂い始めた。

「ちょっと！」

と、いきなりメアリスが鼻をつまみながら、リョウマに怒鳴り声を上げた。

「一体何を食べさせようと言うのですか？」

「あぁ？　こいつはおでんという俺のいた地方の料理だが」

「すごく臭いです！　我々エルフは菜食主義です。肉や魚などのナマグサは食べられませんよ」

「入ってるのはほぼ野菜だ。卵は避けてくれりゃいい。それでも嫌なら無理に食べてくれなくて構わねぇよ」

「……ふん、言われずともです」

ぷいとリョウマに背を向けるメアリス。

エルフという種族は大層な偏食と聞いてるが、その通りだなとリョウマは思った。

騒ぎを聞きつけたのか、レオンとルファも寄ってくる。

「うわっ、メアリスの言う通りだ、なんかくさーい！　ちょっと、変なもの食べさせないでよね！」

「リョウマは異国の出身だからなぁ。特有の味付けなんだろう」

二人の態度も同じである。

リョウマは苛立ちを隠せずにいた。

「無理に食べろとは言ってねぇよ」

「何それ？　自分がまともな料理出来ないからって、逆切れしないでよね」

「てめぇが作れって言ったんだろうが。文句があるなら自分で作りな」

「なんですって!?」

「まぁまぁ」

今にも喧嘩を始めそうなリョウマとルファの間に、レオンが割って入る。

そしてまず、ルファの方を見てウインクを一つした。

「おいおい、そうカッカするなって。もしかしたら美味しいかもしれないだろ？　食べてあげろよ」

「……レオンがそう言うなら」

顔を赤くしながら、ルファは小さな声で言った。

もじもじとするその態度は、リョウマに対するものとは随分違っていた。

「メアリスも、な？」

「……ふぅ、仕方ありません。そこまで言うなら食べてあげます。感謝をなさい」

「よかったな、リョウマ？」

笑顔を向けるレオン。そして渋々と言った顔のルファとメアリスに、リョウマの苛立ちは募るばかりだった。

こいつらは一体何様のつもりだろうかと。

人に食事を作らせておいて感謝の言葉一つなし、それどころか逆に感謝を要求するとは。

不満なのは当然、それだけではない。

適当な作戦、あからさまな身内びいき、リョウマに対する風当たりの強さ。

これがパーティなのだろうか。旅人の言っていた信じられる仲間なのだろうか。

そんなリョウマの思いなどつゆ知らず、レオンは勝手に鍋のふたを開けた。

「おお、そろそろ煮えているみたいだな。みんな、食べよう」

「ふん、お腹を壊さなきゃいいけどね」

「僕が毒見をしよう」

「ありがとうございます、レオン。皿を出しましょう」

メアリスはそう言うと、三人分の皿を荷袋から取り出した。

リョウマの分はもちろんない。自前であった。

器を受け取ったレオンはそれにおでんを注ぐと、ほかほかに茹で上がった大根をフォークで刺して、口元に運ぶ。

「はふはふ……あっつつ……」

「だ、大丈夫？　レオン」

心配そうな顔のルファだったが、レオンはぐっと親指を立てた。

「……これは中々、うん。なんだかよくわからないし変わった味だが、食べられない程ではないな。もう一つ食べてみよう。はふはふ」

偉そうな言い草だがレオンは気に入ったようで、他のものにも手をつけ始めた。

それを見たルファも器を手に鍋の具を取り始める。

「へー、食べられるものなのね。じゃあ私も食べよーっと」

そして一口、また一口、ばくばくと口に入れていくルファ。

遠慮など全くする様子はなく、鍋の中の具はどんどん減っていく。

二人が食べるその様子を、リョウマはあきれ顔で見ていた。

先刻まであれだけ莫迦にしていた癖にそんな風に食べるのかと。

「うん、まぁまぁ食べれるじゃない」

「だよな。野営でこれだけのものが食べられるなら上出来だ」

偉そうな口を叩きながらではあるが。それでも旨そうに食べるレオンらを見て、リョウマは少し留飲を下げていた。

自分の料理を美味いと言ってくれるのはやはりうれしいものだ。

それが気に入らない輩であれ、である。

彼らと共にいて初めて流れる和やかな雰囲気。

リョウマは旅人の言っていた仲間という言葉の意味が少しだけわかりかけていた。

「……」

メアリスはしかし、鍋の中を覗き込むだけで皿によそおうとしない。

まぁどうでもいいが、とリョウマは気にせずおでんを食べ始める。

しばらく無言のメアリスだったが、不意に口を開いた。

「……これ、なんですか？」

メアリスがお玉ですくい取ったのは、じっくりと煮詰められ透き通った大根だった。

ほかほかと湯気を立てる大根を見てリョウマは答える。

「大根だが」

「ダイコン、とは？」

「時々地面に生えてるだろう。ほれ、その草の根っこだよ」

リョウマはそう言うと草むらに歩いていき、そこから緑色のギザギザの葉っぱを掴んで引き抜いた。

土を落として新たな食材にすべくずだ袋に仕舞った。

一連の動作を見ていたレオンとルファの動きが、ぴたりと止まる。

一体どうしたのだろうか。きょとんとするリョウマの目の前で、二人の持つ器が手から滑り落ちた。

大量の具が地面に跳ね、汁が飛び散る。

「おい何を――」

「なんてものを食わせてくれたんだ！」

驚くリョウマの声を遮り、レオンが怒声を上げる。

何を怒っているのか、リョウマには皆目見当がつかなかった。

怒っているのはルファも同じである。

「信じられない！　草の根っこなんて食べるものじゃないわよっ！　サイテーっ！」

「ふぅ、やはり野蛮人ですね。仕方ない、食事は私が用意しましょう」

「あんたはソレ、食べてなさいよね！　ほとんど落ちちゃったけど元々地面に埋まってたものなんだから、別に平気でしょ！　行こ、レオン」

さっさと去っていくルファとメアリス。

展開についていけず呆けるリョウマの肩をレオンが叩く。

「……頼むよリョウマ、僕たちも贅沢言ってるわけじゃない。まともなものなら何でも食べるんだけどね」

レオンらはそう言って、向こうで持ってきた携帯食を食べ始める。

微かに彼らの話し声が聞こえてきた。

「ぺっぺっ、もー最悪！　草の根っこなんて食べさせられるなんて、常識ってのがないのかしら！」

「仕方ないさ。彼は異国の民だ。あちらは貧しい国が多いと聞く。木の根でも何でも食べねばならないのだろう」

「あちらでは豆や魚を腐らせたものまで食べると聞きますからね」

「ひゃー！　信じられない！　近づかないでおーこうっと」

呆然とするリョウマに侮蔑の言葉を吐きかけるレオンたち。

遠く離れてはいても、リョウマの耳には届いていた。

「戦闘だけでなく料理すら出来ないとは、彼は永遠に銅等級から上がれそうにはなさそうですね」

「そーね、グズな鉄……さしずめクズ鉄ってところかしら」

「ぷっ、おいこら。仲間にそんなこと言うもんじゃないぞ。……ぷぷっ」

「仲間だなどと、レオンもそんな事を思っていないようですが？」

「そんなことは……ぷくっ、ないぞ……ぶはははっ」

嘲り笑うレオンたちを見ながら、リョウマの目は昏く沈んでいく。

地面に落ちた大根や人参はすっかり冷めてしまい、すでに湯気が出なくなっていた。

❖

「おーはよっ！　くず鉄さん」

「おいやめろって言ってるだろルファ……ぷふっ」

「そうです。失礼ですよ……くすくす」

翌日、離れた場所でひとり朝食を取っていたリョウマに、三人が声をかけてくる。

昨晩のおでんの残りを食べるリョウマを見て、また侮蔑の視線を送った。

「うわ、ほんとよくそんなもの食べられるわね。野蛮ー」

「まぁまぁ、食文化は人それぞれだから許してやれよ」

「レオンは優しいですね」

またも好きかって言い始める三人を、リョウマは無視しておでんを口に入れる。

既に言葉を返す理由もなくなっていた。

ルファはそれが気に障ったようで、リョウマを蹴るフリをした。

「なーに無視してくれてるのよ、くず鉄ぅ」

先日の「呼び名」がよほど気に入ったようだ。

ガキかよ、と呆れたリョウマはため息を吐く。

「まぁまぁルファ。リョウマも無視はよくないぞ。仲間なんだからな」

「はン……」

それでも話を聞く姿勢を示したリョウマに、レオンは良しと頷く。

「さて、食べ終わったようだしそろそろ出発としよう！」

「待てよ。洗い物をしてからだ」

「もーほんとグズね」

いちいち絡んでくるルファを無視して、リョウマは近くの川に腰を下ろした。

とりだした布切れで鍋についた汚れを洗い流していく、

「わかった。ではそれをしながら打ち合わせをしようか。この程度のクエストなら今日中には終わらせたいところだしな」

そのすぐ横で、レオンは言った。

「依頼ってスライムを一杯倒すんだよね、一〇〇匹だっけ？　歩き回って探すの？」

「ふっふっ実は今朝早くに巣を見つけたんだよ」

「おーっ流石レオン！　すごーい！」

見つけたのは俺だけどな、とリョウマは心の中で呟く。

早朝、全員が眠ってる中、日課の素振りをやっていたリョウマはふと、草むらに動く影を見つけた。

見れば地面に落ちたおでんをスライムが食べていたのだ。

自分の作ったものを美味そうに食べるスライムを斬る気にもならず見ていると、草むらの穴に入っていったのである。

覗いてみるとそこがスライムの巣だった、というわけだ。

図らずとも巣を見つけたリョウマは起きてきたレオンにその話をし、まんまと手柄にされてしまったというわけである。

だがリョウマとしてはそれをわざわざ言う必要も感じなかった。

あの女どもがどうせまたイチャモンをつけてくるのがわかっていたからである。

レオンが見つけたのに主張するなんて、さいてー！　とかなんとか言ってくるのは容易に想像が出来た。

そもそもアピールする必要も感じない。リョウマは一刻も早くクエストを終わらせ、彼らと別れるつもりだった。

パーティーで任務をこなし、一定以上の貢献度を得れば冒険者のランクは上がる。

彼らがどう報告するかはともかく、実績を積めばいいと受付嬢は言っていた。

銅等級以上の冒険者になれば一人でもギルドの依頼を受けることが出来る。

そうなればお別れの短い付き合い。リョウマはそう割り切ることにした。

「よーしみんな。それじゃあ中に入るぞ。ルファ、火を付けてくれ」

「はーい！　ファイアボルトっ！」

レオンは荷物袋から松明を取り出すと、ルファがそれに魔術で火を付けた。

貴重な魔術を松明を灯すためだけに使うとは、もったいない使い方だとリョウマは思った。

「さて、入ってみるか。みんな、俺に続け！」

「了解です」

無警戒にずかずかとスライムの巣に入っていくレオン。

何があるかもわからない魔物の巣に正面から堂々と入っていくその命知らずさに、リョウマは絶句する。

中がどうなっているのかもわからない。スライムだけなのかもわからない。罠が仕掛けられているかもしれない、その中に。

しかも煌々と灯りを持って……命知らずにも程があるだろう。

眩暈を覚えるリョウマの先をルファとメアリスが行く。

「何やってんの！　トロくさいわね！」

「置いていきますよ。くず鉄さん」

「おい！　少し待て！」

「待たないわよ、ばーか」

リョウマの制止の声にも耳を貸さず、二人はずんずん奥へと進む。

暗闇の中に消えていく二人を見ながら、リョウマは舌打ちをする。

正直見捨てたい衝動に駆られるリョウマだったが、パーティ内での裏切りは大きな罪になる。

そういった事実が知れ渡れば、それこそリョウマは階級をはく奪されるであろう。

どう考えてもついて行く他なかった。

「ちっ、もうどうとでもなれだ」

リョウマはずだ袋から取り出した松明に火打石で火を付け、それを片手に巣の中に足を踏み出す。

それに彼らも一応は冒険者、魔物の巣に入るのも初めてではないだろう。

きっとそうに違いない。多分、恐らく。

自らにそう言い聞かせ、リョウマは彼らの後を追うのだった。

「ふむ、中は思ったよりも深いな」

「大きな巣なのかもね。お宝、期待できそうかも♪」

「その割に、魔物が少ないわね。運がいいかもしれません」

呑気な事を言いながらずんずん進んでいく三人。その少し後ろを歩きながら、リョウマは警戒を強めていた。

穴の幅、深さから見て、ここはスライムの巣ではないかもしれないと思い始めていた。

他の魔物の巣にスライムが住み着いた形なのだろうか。

（スライムかオークか……知能のある魔物であれば罠を仕掛けてくる可能性もある）

待ち伏せや隠し通路からの挟撃にも注意せねばならないだろう。

最後尾は全力で警戒せざるを得ない。故に足取りも重くなる。

「ちょっと！　何ノロノロしてるの！」

「五月蝿ぇ！　そっちも少しは警戒しろ！」

声を荒げるリョウマにも、三人は冷笑を返すのみだ。

「ぷぷっ、びびってるわ彼」

「そういうな。俺たちも初めての頃はあんなもんだったさ」

好き勝手な嘲笑が聞こえてくるが、リョウマは警戒を緩めるつもりはなかった。

彼らとの距離が離れているのも気にはしなかった。

そのまま洞窟を奥へ、奥へと進んでいく。

リョウマの心配とは裏腹に、罠や不意打ちなどはなく順調であった。

レオンらの足取りも早くなり、リョウマとの距離は更に離れていた。

「みんな、こっちに来てくれ」

「なになに？　何かあったの？」

「灯りだ」

レオンの指差す方、暗がりの奥に微かな灯りが見えていた。

「行ってみましょう」

ルファの言葉を聞いてリョウマの頭に浮かんだのは、飛んで火にいる夏の虫であった。

「何してるのよ！　本当にビビりね。置いていくからね、くず鉄」

遅れるリョウマに浴びせられる罵声。

どうやらレオンらはそのまま進むつもりのようであった。

もはや何を言っても無駄かと、リョウマはいつでも逃げれるよう腹積もりを決めていた。

近づくにつれ灯りは大きくなっていく。

通路の先に広がる大部屋から放っているようだった。

金色の光の正体を覗き込んだレオンらの表情が、変わる。

「うわぁー！　すっごいよこれ！」

「あぁ……まさかこんな所にこれほどとはな」

リョウマは中に入らず、外から様子を覗き込んだ。

そこに見えるのは大部屋いっぱい、見渡す限りの金銀財宝。

スライム系の魔物は落ちているアイテムを拾い集める性質があり、その巣にはお宝が眠っている事もある。

宝の山を目にしたレオンらは、まるで引き寄せられるかのように近づいていく。

その中心、いかにもといった装飾剣にレオンが手をかけた瞬間、地響きと共に床が隆起し始めた。

「きゃあああああっ!?」

「な、なんだ！　何が起こっている!?」

隆起した地面からせり上がって来たのは、光り輝く巨大なスライムだった。

――ジュエルスライム。

宝石類を好んで集めるスライムで、更にそれを餌に獲物をおびき寄せ、食らうという習性も持っている。

ジュエルスライムの体内に、宝石類が吸収されていく。

「うわぁぁぁぁぁぁっ!?」

どぷん、とレオンらの足元も沈み始める。

ジュエルスライムが獲物の吸収を始めたのだ。

彼らの足が煙を上げ、溶けていく。

「いやっ！　こんな……い、痛いっ！」

「あああああっ！　熱いっ！　熱いよおっ！　助けてレオンっ！」

「く……そおっ！　俺だって、熱いんだよっ！　お前が助けろっ！」

三人は混乱し、ジタバタとのたうつのみだ。

足元からの強襲を受けた獲物は、何が起きたかもわからぬうちに溶かされ、吸収されてしまう。

これがジュエルスライムの狩り。

だが警戒し、宝石の山に近づかなかったリョウマは動ける状態にあった。

咄嗟に手にしていた松明を投げ、三人の周囲を照らす。

「火の魔術だ！　足元に撃て！　早くっ！」

「……っ！　ふ、ファイアボルトっ！」

リョウマの声にハッとなり、ルファは足元に炎を放つ。

炎球が渦巻き、ジュエルスライムを焼いていく。

「ピギィィィィ!?」

苦しそうにのたうち、ジュエルスライムは三人を投げ出した。

地面に叩きつけられた三人は、痛む身体に鞭を打ちながらも、大部屋の入り口へと走り出す。

リョウマは三人に手を差し伸べた。

「大丈夫か!?」

「そんなわけないだろう！　あんな化け物に喰われかけたんだぞ！」

「そうよ！　私が機転を利かさなきゃ、どうなってたか……アンタも無事なら少しは働きなさい！」

リョウマが助けなければ確実に死んでいたであろうことを棚に上げ、ルファは罵声を飛ばした。

既に三人ともまともに会話が出来るほどの余裕はなさそうで、何を言っても無駄だとリョウマは思った。

「あんな巨大なジュエルスライムが何故こんなところに……」

「わかんない！　わかんないわよっ！」

ジュエルスライムはスライムの中でも上位の魔物だ。

しかもあのサイズ。スライム種は基本的に年月とともにその大きさを増す。

あれだけの大物がこのような場所に現れるはずはなかった。

例えまともに戦ったとしても、レオンらが相手にするには、厳しい存在である。

ここは逃げの一手しかないのは、この場の全員が理解していた。

ほうほうの体で逃げるレオンらを見て、リョウマは戦える状態ではないと思った。

腰の刀を抜いて、ジュエルスライムの前に立ちふさがった。

「てめぇらが退路を確保しろ、俺がしんがりを務める」

そしてリョウマはそうレオンらに言い放つ。

有無を言わせぬ迫力。だが今すぐにでも逃げたかったレオンらにとっては渡りに舟だった。

「そ、そうか！　頼んだぞ！」

「絶対に通しちゃだめよ！　その為にあんたみたいなのを連れてきたんだから！　死んでもそこで止めなさいよね！」

「早く行きましょう」

走り去る三人は後ろを振り返らなかった。

だがそれはリョウマも同じ。

敢えてしんがりを引き受けたのは、負傷したレオンらではそれが勤まらぬと思ったからだ。

それにレオンらは先刻死の恐怖に駆られたばかり、退路であれば懸命に切り開くだろうと思ったが故。

もくろみ通り、逃げ足だけは速かった。

あの様子ならすぐに入り口に辿り着くだろう。無論何もなければ、だが。

「……それに、一応仲間だしなぁ？」

旅人には仲間を守れと強く言われていた。

仲間を守らない奴は屑だと。当時のリョウマは確かにと頷いた。

今はどうだかわからないがともかく、気づけばそういう行動を取っていた。

リョウマの心の奥底の部分では、まだレオンを仲間だと思っていた。

「ピギギギギギ……！」

じゃりじゃりと宝石が擦れる音を鳴らしながら、ジュエルスライムはリョウマへと這い寄ってくる。

その巨体でリョウマを包囲するように、身体を幾つかに分かち触手のように伸ばしてきた。

「……望むところだ」

リョウマはそう呟くと、ゆるりとした動作で柄を握る手に力を込める。

――凩、刀にはそう名がついていた。

旅立つリョウマの為に村一番の鍛冶屋が打った刀。

長旅を経てなお、その刀身は輝きを放っていた。

鍔に取り付けた鈴がしゃりりんと鳴った。

「ピギィィィアアアアア!!」

ジュエルスライムが四方から鞭のような触手を伸ばし、リョウマを襲う。

右から二本、左からも二本。

無軌道にしなる連撃がリョウマを襲う。

――と、同時にリョウマは凩を振り抜いた。

銀色の軌跡が空間を舞い、それに触れた触手が寸断されていく。

スライム種は総じて打撃や斬撃に耐性があり、そう簡単に切って落とせるようなものではない。

特に上位種であるジュエルスライムには、魔術かそれを付与した攻撃でなければ傷一つ付けられないのだ。

——にもかかわらずの一刀両断。

その理由はリョウマの手にした武器——刀にあった。

良質の鋼を丹念に折り重ねた異国の伝統的な武器、その切れ味は一般的な西洋剣とは比にならず、ジュエルスライムの身体をも切断可能としていた。

無論、相応の技量も必要なのは言うまでもない事だが。

(とはいえ長くはもたない、か)

リョウマが手にした凩を見下ろす。

刀身には粘液がこびりつき、斬れ味が鈍くなりつつあった。

刀は切れ味はあるが、それを維持するには相応の修繕を行う必要がある。

例えば研いだり、そういう魔術を使ったり、だ。

これ以上時間を稼ぐのは厳しいか。そう判断したリョウマは、入り口の方へとじりじり退いていく。

幸いというか、ジュエルスライムもリョウマを警戒しているようだった。

あらゆる攻撃を阻む自身の身体が容易く切り捨てられるなど、初めての経験なのだろう。

結果、ジュエルスライムの攻撃は緩み、リョウマが逃げる隙が生まれる。

――今だ！

踵を返し駆け出すリョウマ。

一目散に脇目も振らず、元来た道を全力で走る。

ちらりと後ろを振り返ると、ジュエルスライムが追ってきていた。

だがその距離は相当に開いている。

逃げ切れる、そう確信したリョウマの脚が、止まった。

「なんだ……こりゃあ……？」

愕然とするリョウマの目の前には、通路いっぱいの炎が燃え盛っていた。

「ほ、本当に良かったの……？」

「仕方がないだろう。他に方法はなかった」

ルファの問いにレオンは歯噛みする。

ジュエルスライムは到底自分らの戦える魔物ではない。

ましてや、鉄等級であるリョウマにそう時間が稼げるはずがない。

そう判断したレオンは、ルファに命じ通路に炎を放たせたのである。

「でも……こんな事……うぅ……」

涙を流すルファだが、その仕草はどこか嘘くさかった。

悲しい、というよりは悲劇に暮れる自分に酔っているかのような芝居臭さ。

レオンはそれに気づくこともなく、ルファの肩を抱いた。

「ルファが気にする事はない。僕の命令を聞いただけなんだから」

「……レオンっ！」

抱きつくルファの頭を、レオンは優しく撫でる。

メアリスも慰めるように二人の背を抱く。

「仕方がなかったのです。誰も悪くはありません。強いて言うなら運が悪かったのです」

「あぁそうだ。リョウマだって許してくれるさ」

「ぐすっ、そう……よね」

「入り口は塞いでしまいましょう。これ程の魔物が外へ出てはいけませんから」

「メアリスの言う通りだ。……ルファ、入り口を壊してもらえるか？」

「うん……」

ルファの放った炎で洞窟の入り口は崩れ、埋まっていく。

かくして三人は、恐るべき魔物から無事逃げ延びることが出来た。

尊い犠牲を払いはしたが、とにかくである。

彼らはリョウマにせめてもの鎮魂歌を捧げるのだった。

❖

——ぴちょん、ぴちょん、と水滴の落ちる音でリョウマは目を覚ます。

「っつつ……ここは一体何処だ？」

リョウマが辺りを見渡すと、辺りは暗闇だった。

次第に目が慣れてくると、スライムの破片や燃え跡が残る壁が見えてきた。

「そうだ、ジュエルスライムに追い詰められて……」

逃げようとしたところ、入り口寸前で炎に阻まれたのである。

あれはルファの仕業だろうか。レオン辺りが命じたのだろう。

しかもご丁寧に、入口は岩を崩して塞がれていた。

出口は閉ざされたのだ。

「はン……中々徹底した逃げっぷりじゃあねぇかよ」

くっくっと笑うリョウマ。

「くっくっ、ふふ、あはははははは‼」

その笑い声は次第に大きくなっていく。

と、リョウマは目の前の大岩を思い切り殴りつけた。

「何が仲間だ！　ふざけんじゃねぇ！　人を何だと思ってやがるんでぇ！」

大きな声を上げながら、リョウマは大岩を叩く。

何度も何度も。拳からは血がにじんでいた。

「旅人(あんた)の言った事は嘘っぱちだ！　仲間なんてぇのは糞だ！　そんなもんはありゃあしねぇ！」

どん、ともう一度リョウマは拳を叩きつけた。

熱く痛む拳とは裏腹に、リョウマの心はどんどん冷たくなっていく。

旅立ちの日の胸躍るような熱い気持ちが失われていく。

――リョウマの雰囲気が変わった。

その周囲には冷たい風が吹いているかのようだった。

「ふぅ……」

大きく息を吐きだして、リョウマは平静を取り戻した。

その目は暗く沈み、感情はどこかへ消え失せたようだった。

リョウマはようやく辺りの探索を開始することにした。

「ともあれここで死んでやるわけにはいかねぇ。まずはここから脱出だな。……松明は、もう燃え尽きちまったか？」

近くに落ちていた松明を拾うと、まだ燃え代が残っているように思えた。

とりあえず火を付けてみようと火打石を叩く。

カチン、カチンと火花が散り、松明はようやく火を灯した。

――と、同時にリョウマの目の前にキラキラ輝く粘液の壁が現れた。

「っ⁉」

驚き飛び退いたリョウマが見たのは、ジュエルスライムである。

ジュエルスライムはリョウマを見下ろしたまま、動く様子はない。

「……何で襲ってこないんだ？」

不思議に思い辺りを見渡すと、リョウマの前に小さなスライムがいることに気づく。

「このスライム、確かあの時の……」

スライムの透けた体内には、半分消化された具材が見える。

投げ捨てられたおでんを食べていたスライムだった。

スライムはリョウマに気づいたのか、すり寄ってくる。

「ぴっ！　ぴぴぴっ！」

身構えるリョウマの前で、スライムは色々と身体の形を変え始めた。

飛び跳ね、身体をうねうねと変化させている。どうやら何かを伝えたいようだ。

しばし、思案していたリョウマだったが、その意図に気づく。

「……お前、もしかして俺の作ったおでんが食べたいのか？」

「ぴっ！　ぴーっ！」

スライムはこくこくと頷くと、嬉しそうに飛び跳ねる。

見ればジュエルスライムもどこか嬉しそうにしていた。

（もしやこのスライム、俺におでんを作らせるべくジュエルスライムを止めていたのか……？）

思案するリョウマは確かにあり得ぬ話ではないと思った。

魔物というのは意外と意思疎通をするし、人間の作る料理に興味を持つ事もある。

リョウマのいた異国では、魔物と心を通わす者もいた。

二体の魔物は興味津々といった様子でリョウマを見ていた。

「……どちらにしろ、やるしかねぇか」

食べさせている隙に、この場から逃げられるかもしれない。

そう考えたリョウマはずだ袋を下ろして中から食材と調理器具を取り出す。

スライムたちにじっと見られながらの調理だがリョウマはさして気にする素振りもなく、慣れた手つきで切った具材を味付けし、煮込んでいく。

そして待つことしばし。

「よし、完成だ」

鍋蓋を取ると、もくもくと上がる湯気と共にいい匂いが辺りに漂う。

ジュエルスライムはざわざわと震え、興味深げに鍋を覗き込んだ。

「まぁちょっと待て。すぐよそってやるからよ」

「ぴぐぅ……」

リョウマの言葉を理解したのか、大人しく引っ込むジュエルスライム。

先刻まで襲われていたリョウマとしては、何とも拍子抜けていた。

確かに高位の魔物は人とコミュニケーションを図ることも可能らしいが、これではまるで犬である。

リョウマは実家で飼っていたワン五郎を思い出していた。

ともあれ器にたっぷりと、おでんを注ぎ入れてやる。

真っ白な湯気の立ち上るそれを差し出され、ジュエルスライムはすぐさま飛びついてきた。

「ぴぎーっ！」

おでんにむしゃぶりつくジュエルスライムを横目に、リョウマはゆっくり移動を始めた。

今のうちに逃げようという算段である。

だが忍び足にて立ち去ろうとするリョウマの背を、ジュエルスライムの触手がつついた。

「ちぃ、気づかれたか」

ならばやるしかあるまい。そう思い凩に手をかけるリョウマだったが、ジュエルスライムに戦意はないように見受けられた。

ジュエルスライムは触手を伸ばし、リョウマの目の前に宝石を置いた。

ルビーかサファイアか、よくわからないがとにかく大粒の宝石にリョウマは目を見張る。

「……俺にくれるってぇのか？」

「ぴぎ！」

頷くジュエルスライムを見て、リョウマは苦笑する。

仲間に捨てられた先で、魔物に親切にされるとは皮肉なものだと思った。

「食事の礼、ってか。意外と礼儀正しいんだなお前さんはよ」

「ぴーぴー！」

同様に、スライムも体内から取り出した薬草をリョウマに差し出してきた。

「……ありがとよ」

「ぴーぎー！」

宝石と薬草、リョウマが受け取ると、二匹は手を振り洞窟の奥へと消えていった。

「やはり完全に塞がっている、か」

後片付けを終えたリョウマは松明を手に、塞がれた大岩を調べる。

だが隙間一つなく、岩も簡単には壊せそうになかった。

「……別の出口を探すしかねぇか」

リョウマは仕方なく来た道を戻ることにした。

ジュエルスライムのいた大部屋を通り抜け、細い道を歩いて行く。

通ってきた場所には石を積み、印をつけておくのも忘れない。

歩みを進めるリョウマは、近づいて来る微かな物音に気付いた。

「何か来る……？」

物陰に身を潜め、手入れを終えた夙に手をかけるリョウマ。

ぞろぞろと現れたのは、ジュエルスライムを筆頭とする魔物の群れであった。

「……こいつら、妙だぞ……？」

魔物たちに戦意などは全く感じられず、各々小汚い器のようなものを手にしていた。

身を隠していたリョウマとジュエルスライムの目が合う。

「ぴぎーぴぎー！」

ジュエルスライムの号令で、魔物たちはリョウマの前に一列に並んだ。

そして一様に期待のまなざしを向けた。

魔物とは思えぬキラキラとしたまなざしだった。

「……俺の料理が食べたいってぇのか？」

こくり、と魔物たちは頷く。

どうやらジュエルスライムが、リョウマの事を他の魔物に広めたようだった。

これだけの数、逃げることなどはとても出来なそうである。

リョウマはやれやれとため息を吐く。

「仕方ない、か」

早速ずだ袋を下ろし、中から道具を取り出そうとするリョウマだったが、その手が止まる。

「……食材が心もとないな」

ここまで長居するつもりではなかったので、あまり食材を持ってきていなかった。

ずだ袋の中には人参と大根が一本ずつしかなかった。

これでは炒め物くらいしか作れない。これだけの魔物に食わせてやるには全然足りない。

はてさてどうしたものかと思案するリョウマの眼前で、ジュエルスライムが体をゆすり始めた。

すると、リョウマの足元に食材がごろごろと転がり落ちてくる。

ジュエルスライムの吐き出したのは豚肉に玉葱、そして大量の水が入った革袋であった。

「おいおいこいつぁ……どこから手に入れてきたんだよ。まさか盗んできたのか？」

「ぴぎ！」

呆れるリョウマに、ジュエルスライムは誇らしげに胸を張った。

「まぁいいさ。今はありがてぇからな。……ふむ、この材料ならあれが作れるか」

そう呟くとリョウマは大鍋を取り出した。

切り刻んだ人参、大根、玉葱、豚肉を放り込んでいく。

更にずだ袋の底、調味料箱から取り出したのは味噌だ。

これまたリョウマの故郷特有の調味料で、大豆を発酵させたものである。

団子状に丸めたそれを鍋に入れると、団子は水中でぽろぽろと崩れ鍋は瞬く間に茶色く濁っていく。

ぐつぐつと煮えたぎる鍋をかき混ぜながら、醤油を付け足し味を調えていく。

「よし……豚汁の出来上がりだ」

味噌のいい匂いがふわりと香り、魔物たちはにわかに色めき立つ。

進み出る魔物たちの持つ器にリョウマは豚汁を注いでいく。

「ほら、熱ぃから気ぃつけな」

「グルゥ！」

「おっ、お前らもくれるのか？」

「ガルガル！」

豚汁を受け取った魔物(もの)たちは、お礼とばかりにリョウマにアイテムを渡していく。

ココの実、ミレレ草、マロニーの枝、ナナの実……これらは体力や魔力を回復させる効能を持つものだ。

他にも薬品の素材になりそうなものや希少なもの、魔物が落とすと言われているアイテムであった。


「これで終わり、だな」

最後の魔物に豚汁を振る舞うと、丁度鍋は空になった。

魔物たちが満足げに帰っていくのを見送るリョウマの足元には大量のアイテムが転がっている。

「うーん、とはいえこれだけのアイテムは袋にゃ入りきらねぇな」

置いていったアイテムは大きなものもあれば小さなものもある。

とはいえほとんどが木の実なのは僥倖(ぎょうこう)だった。

「炒って腹に入れておくか。俺も腹が減ってたしな」

木の実をまとめて鍋に入れ、油と共に炒めていく。

香ばしい煎り豆の完成だ。

アツアツのそれを、リョウマは豪快に掴んでは口に入れていく。

「あっちっち、たまには煎り豆もいいもんだぜ。……にしてもなんか身体が熱いような……？」

炒った木の実を食べながら、リョウマは身体に力が溢れてくるのを感じていた。

魔物の落とすアイテムには筋力や敏捷など、身体能力を一時的に底上げするアイテムがあると聞く。

恐らくその効果であろうと、リョウマはさして気にする事もなかった。

——しかし、リョウマの食べた実はほぼ永続的に身体能力を上昇させる効果を持つものも含まれていた。

あまり知られていないが身体能力上昇の効果を持つ木の実は、実の状態によって効果時間が異なる。

まだ青ければ一刻、通常でも三日程度だが、完全に熟した実であれば数十年……冒険者の活動期間としてはほぼ永続的な効果を持っている。

これは専門の鑑定職でもなければ確実には判定できないようなレアアイテムで、市場に出せば一粒で数か月は暮らせるような代物である。

そんなことはつゆ知らず、リョウマは目を閉じて休むのだった。


その翌日。

「……おおう、またかい」

目が覚めたリョウマの前には、ずらりと魔物たちが並んでいた。

先日と同様に手には器を構えて、目をキラキラさせながら。

明らかに先日より魔物の数が多いのは、気のせいではないだろう。

リョウマが目を覚ましたのに気づいた魔物たちは、どこからか調達してきた食材を置いていく。

巨大な寸胴鍋も一緒にだ。どこから持ってきたのかと疑問ではあるが、どうしても作らせたいようであった。

「しゃあねぇな。全くよ」

ここまでお膳立てをされては断るわけにもいかない。

リョウマは大あくびをしながら、調理を開始する。

巨大寸胴鍋に食材を切り入れ、味噌団子と醤油で味付けすると、豚汁が完成した。

鍋も大きく食材も大量だったため、先日の五倍くらいの量になった。

「ほいよ、出来たぜ」

リョウマは列をなす魔物たちに豚汁をひたすら注いでいく。

順番が近づくにつれ魔物たちは色めき立ち、わいわいと叫び声を上げていた。

「押すな押すな、量は十分あるからよ」

その度に増えていくお礼のアイテムの数々。

全員に注ぎ終わる頃には辺りはまた、アイテムの山になっていた。

「ぴーぎー♪」

「ほい、お粗末さん」

礼を言っているのだろうか。

嬉しそうに木の実を手渡してくるジュエルスライムの触手をリョウマは撫でた。

「……さて、まぁたアイテムを消化しないとな」

木の実に貨幣、そして今回は武具が山盛りだ。

武具は重いしかさばるし、その性能自体も凩より遥かに劣るものばかりだった。

「おっ、ご丁寧に合成の巻物もあるじゃねぇかい」

これはリョウマは凩を地面に置き、置かれたアイテムから巻物を拾いあげた。

これはスクロールというもので、特殊な魔術が編み込まれた書物である。

これを手に念じれば魔術を使えない者でもその恩恵を得ることが出来るのだ。

様々な効果を持つものがあり、この効果は「合成」。武具と武具を合成させ、その力を上乗せするというものだ。

リョウマは巻物を手にして念じる。

「対象、凩。其の刃に混じりしは幾千の刃……っと」

リョウマが巻物に記されていた文を読み唱えると、凩とその周りの武器がまばゆい光を放ち始める。

辺りの剣、槍、弓、斧……大小さまざまな武器が凩に吸収されていく。

これが合成の巻物の効果。

対象となった武具は、他の武具を吸収しその力とすることが出来るのだ。

普通の武器なら切れ味や頑丈さ、特殊な武器ならその特殊能力も元の武器に付与することが出来る。

「……ふむ。何度使っても魔術道具ってぇのはおもしれぇ」

リョウマが凩を軽く振るうと、それだけで目の前の岩壁に亀裂が走った。

それでも刃こぼれ一つなし。

数多くの武器を吸収したことで、凩は武器としてのレベルが大きく上がったようだった。

続いて編み傘に青縞外套、服の下に仕込んだ鎖帷子にも同様に合成を行う。

合成の札はそれで破れて消えてしまった。

これには回数制限があり、幾度か使用すると消滅してしまうのだ。

「うん、中々丈夫になったな」

リョウマが編み笠を軽く触ると、強い弾力に加えて針金を編み重ねたような頼もしさを感じられた。

青縞外套も鎖帷子も、同様である。

「それにどうでぇ。身体の調子もすこぶるいいたぁどういう了見だろうねぇ」

リョウマが岩を拾い強く握ると、一瞬で亀裂が入り粉々に割れてしまった。

以前ではあり得ぬ腕力だった。

成長の実を、たらふく食べた結果だった。

「心当たりがあるのはあの木の実……か。あいつら、今度はもっといいもん食べさせてやらないとな」

リョウマはそう呟くと、編み笠を斜に構える。

その口元には笑みが浮かんでいた。

一方、レオンらは無事、街に帰還していた。

だが命からがら逃げ伸びてきた彼らに、ギルドの人間の視線は冷たかった。

鉄等級の異国人をパーティに迎え入れ、その直後に見捨てて逃げ帰ってきたのだ。

先輩冒険者は後輩冒険者の面倒をしっかり見る、という暗黙の掟がある。

ましてや相手は異国人。異国人というのは大抵珍しい物を所持しており、それを狙う盗賊も多い程だ。

一度は仲間にして、洞窟内でそれを奪って殺し、死んだという事にした……と思われてもおかしくはない。

少なくとも今レオンの前にいる、ギルドの受付嬢はそう考えていた。

「……正直に話してください。レオンさん。リョウマさんを見捨てたのですね？」

受付嬢の見透かすような瞳がレオンを見つめる。

当たらずしも遠からず、であればとぼけざるを得ないレオンが正直に話すはずもなかった。

「違う！　そんなつもりはなかったんだ！　ジュエルスライムが出て来て、逃げ遅れたリョウマの前が塞がれて……！」

虚実を混ぜて話すレオンに、反省の色など微塵も感じられなかった。

受付嬢は書類をまとめ、レオンを睨んだまま、言った。

「ですからそれはこちらで詳細な調査をし、決める事です」

「嘘じゃない！　なぁメアリス、ルファ」

「本当です！　信じてください」

「えぇ、神に誓って！」

懇願する三人にも、受付嬢は冷静なままだ。

鉄面皮のまま、ゆっくりと首を振る。

「嘘ではないかもしれませんが、本当とも限りませんよね」

「う……」

言葉を詰まらせるレオンに、受付嬢は続ける。

「どちらにしろ調査が終わってからの話です。今日はお引き取りを」

「ま、待ってくれ！」

レオンの呼びかけを無視して奥へと引っ込む受付嬢。

縋りつくレオンの後ろからヤジが飛んでくる。

「おいおい、往生際が悪いぜぇ？　女ばっかはべらしてるから信頼ねーんだよ。レオン」

野次の主は槍使い、ドレントだった。

からかうような声は、すぐに真面目なトーンに変わる。

「先輩冒険者は後輩冒険者の面倒を見るもんだって教えてやったの、もう忘れちまったのかい？　お前は俺が何度も助けてやったように、リョウマの面倒を見たのか？　えぇレオンよ」

「く……！」

ドレントはレオンが駆け出しのころに面倒を見ていたことがある。

その際、冒険者としての心構えを厳しく叩き込んだのだ。

そうして一人前になったレオンへ、リョウマを誘うようけしかけたのもドレントだったのである。

「探してこい、まだ生きてるかもしれねぇ」

「う……は、はい……」

ドレントに睨まれたレオンは、それ以上何も言い返せずにルファとメアリスを連れ酒場を出ていった。

それを見送ったドレントは、いつの間にか戻っていた受付嬢に話しかける。

「すまねぇ嬢ちゃん。人選ミスだったな」

「ドレントさんのせいではありませんよ。私のやり方が回りくどかったのかもしれません」

「初心者救済案、かい？　最初は鉄等級のプレートを渡して先輩冒険者と一緒に依頼を受けさせるっていう。だがそこまではギルドの仕事じゃないんだろう？」

「冒険者になって最初の冒険が一番危険ですので……死ぬ確率が二割。そうでなくても大けがをして引退する人間も多いです。そういう人たちを一人でも減らしたい……というのは傲慢なのでしょうか」

悲しげに目を細める受付嬢。

いつの間にかその横にいたドレントが、受付嬢の肩に手を載せる。

「アンタのそういう生真面目なところ、嫌いじゃあねぇぜ」

「……ドレント、さん」

「だから今晩、一杯どうだ」

大真面目な顔で言うドレントを、受付嬢はすっと冷たい視線で見つめた。

「お断りします」

二・料理人な冒険者。

「……今日も大繁盛だな」

やや自嘲気味に呟きながら、リョウマは魔物の行列を見やる。

どこから聞きつけたのか、それとも口伝てで広まっているのか……魔物の数はさらに増え、行列はもはや最後尾が見えぬほどだった。

魔物たちは食事時となるとダンジョン内をうろついているリョウマを見つけて群がってくるのだ。

それを捌くのが日課となっていたリョウマであるが、

「しかし、こりゃあ流石に捌き切れねぇぞ」

それもそろそろ限界を迎えつつあった。

大体リョウマ一人で作れる量などたかが知れている。

魔物たちに振る舞う量は人一人分とさして変わらないとはいえ、何せ数が半端ではない。

勝手に持ってきてくれる材料はともかく、鍋のサイズ的に限界があるのだ。

本日の魔物数は明らかに許容量を超えていた。

「まぁやるだけやってみるかい」

ため息を吐きながらもリョウマは調理を開始する。

具材を刻んで煮込んで味をつけ、完成したのはまたまた豚汁だ。

どうやら魔物たちは醤油や味噌など異国風の味付けが好みのようで、それ用の具材ばかり持ってくるので自然とこれになっていた。

ふわりといい匂いが辺りに漂い始める。

「さぁ出来上がったぜ。並んだ並んだー」

魔物たちを並ばせ、順に注ぎ分けていく。

鍋はどんどん減り続け、列半ばでなくなってしまった。

「ふむ、まぁこんなもんだろうな。おーい、わりぃが品切れだ」

リョウマは空になった鍋をお玉でカンカンと叩き、魔物たちに声を上げる。

「さぁさ、帰った帰った。明日また来てくんな」

リョウマの言葉に魔物たちがざわめく。

何故だ、食べさせろ、そんな声が聞こえるようだ。

「悪いがもうねーんだよ。な、諦めな」

鍋をひっくり返してアピールするリョウマ。

鍋からは一筋の雫すら垂れてない。

これを見ては魔物たちもあきらめるしかなかった。

「ギャウウゥ……」

魔物たちは恨めしそうな顔をしながらも散っていく。

話の分かる奴らで助かる。そんなことを考えるリョウマの前に大きな影がずいと立ち塞がる。

「おい」

頭上から聞こえる地響きのような声に見上げると、小山の如き巨人の姿があった。

灰色のゴツゴツした肌、頭に生えた角、浮き出た血管が目立つ巨腕には、似合わぬ小さな器が握られていた。

どうやらリョウマに食べ物を貰いに来た魔物のようだった。

魔物は真っ赤な一つ目をリョウマに向ける。

「オレ様はこの迷宮の守護者をしている者だ。皆はオーガと呼ぶ」

――守護者とは、文字通り迷宮を守護する者である。

多くは迷宮の奥底に鎮座し、宝を守っていることが多い。所轄、主的な存在である。

「ほう、喋れる魔物とは変わり種だ。んでそのオーガさんが何の御用でェ？」

「てめぇのメシが美味いと評判を聞いてな。食べに来たというわけだ。先刻頂いたが実際大したものだ。称賛に値する」

「そりゃどーも」

見ればオーガの空器は既に豚汁の食べた跡が残っていた。

食べた後、ということは列に並んでいたのだろうか。

その割に巨体に見覚えはなかったが。

「うむ、美味かった。だからまだ食い足りない。もっと寄越せ」

器を差し出すオーガだが、リョウマは首を振る。

「いやいやいや、だからもうねーんだってばよ」

「てめぇの都合など知るか！　いいからもう一度作るのだ！」

「あァ……？」

オーガの傍若無人な物言いに、リョウマの片眉が跳ねる。

リョウマは語気強く、言った。

「断る」

「何だと？　このオレ様の頼みを断るのか？」

「頼むにしても言い方というもんがあるだろう。まぁ今更作らないけどよ。帰りな、明日また来いよ」

「……オレ様に逆らうってのか」

リョウマの言葉にオーガの目は赤く燃え上がり、開いた口から炎が漏れる。

「殺されたくなかったらとっとと作れ‼」

オーガの言葉に魔物たちがざわめく。

ふと、リョウマの視線の先にいる魔物が悲しそうにしていた。

最初にリョウマが食事を振る舞ったスライムだった。

毎度、列の最初の方に並んでは嬉しそうに器を持って帰ったのをよく覚えている。

オーガの持つ器は、そのスライムが持っていたものと同じであった。

「ぴぃぃ……」

泣いているかのようなスライムの鳴き声でリョウマは理解した。

このオーガは自分で並ぶことなく、スライムから食事を奪い取ったのだということを。

それだけでは飽き足らず、足らないからもっと寄越せと。そう言っているのだ。

リョウマは実家の煎餅屋で用心棒をしていた時、この手の無頼漢をよく相手していた。

脅し、すかし、ゆすり、たかり、今回のように弱者から奪ったり、そんな輩の相手をだ。

この手の輩は下手に出ればいくらでも要求を突き付けてくる。

一歩も引いてはいけないのだ。

だから、リョウマはこう言って返した。

「帰りな。そして二度と姿を見せるんじゃあねぇ」

洞窟の中だというのに、風が吹いた。

風は編み笠を揺らし、リョウマの鋭い目をあらわにした。

それに応じるようにオーガの全身が大きく隆起する。

「……よかろう、では力ずくで言う事を聞かせるとしよう」

拳を鳴らしながら、オーガが一歩近づく。

リョウマも腰元の刀に手を当てて、前へ。

魔物たちが見守る中、互いの距離が縮まっていく。

オーガは嗤いながら言った。

「確かにてめぇの料理は美味かった。だが！　俺に逆らう者は生かしてはおけん！　なぁに、オレ様が料理を振る舞えば皆、満足するであろうよ！　無論、具材はてめぇだ！」

「程度の低い挑発だな。お里が知れるぜ？　守護者サンよ」

二人の口上が交わるその瞬間。

しゃりん、と鍔の鈴音が鳴った――

「があああぁぁぁぁぁぁぁぁぁぁッ!!」

咆哮と共にオーガの拳が唸る。

リョウマの胴体ほどもある剛腕が、オーガの全霊を込めて打ち込まれる。

魔物たちが瞬きをしたその瞬間、オーガの拳は地面に突き刺さる。

直後、鳴り響く轟音。立ち上る爆煙。飛び散る石片岩片。

狭い洞窟内を、破壊の痕跡が吹き荒れた。

――ぶしゅううう！　と血飛沫が周囲に飛び散った。

それを見たオーガは勝利を確信し、ニヤリと笑う。

「ぬッ!?」

が、直後右手の違和感に気付いた。

手ごたえが、ない……というより感覚がないのだ。

手元を凝視するオーガの目が、驚き見開かれる。

「――ッ!?」

見れば右手は切り落とされ、断面からは鮮血が噴き出していた。

思わず上げた右腕から雨の如く降り注ぐ血が、煙を巻き込み徐々に晴らしていく。

それを呆然と眺めていたオーガだったが、どすん、と重々しい音を立て地面に落ちる右腕を見て、ようやく現状、戦闘の最中にあるのを思い出した。

即座に敵（リョウマ）を補足すべく、その巨大な目がぎょろりと辺りを這う。
だがしかし、見渡せどリョウマの姿はない。
土煙は完全に晴れていた。
次に視線を寄せたのは、オーガを取り囲んでいた魔物の群れである。
そこでオーガは魔物たちの隙間に見覚えのある影を見つけた。
影は敵（リョウマ）の被っていた特徴的な編み笠を付けていた。
「……そこかァ!!」
オーガは人の頭ほどもある石を拾い、放り投げた。
轟、と唸り音を上げ迫る石は、正面に立つ魔物の胴体を貫き奥の岩壁に突き刺さった。
崩れ落ちる魔物を見て、他の魔物たちはいっせいに逃げ出し始める。
がらんと空いた視界に映ったのは——ふわりと空に舞う編み笠だった。
編み笠は岩の出っ張りに載せられていただけだった。
ひゅるる、と風を切る音を微かに聞いたオーガは即座に後ろを振り向いた。
背後からは鋼の刃が迫っていた。
反応し後ろに跳ぶオーガの胸元がぱっくりと裂ける。
着地と同時に吹き出す鮮血。
リョウマの相棒、凩は魔物たちの礼による合成で著しくその性能を上げていた。
加えてリョウマ自身も木の実で。

それによる斬撃は、今までのそれをはるかに超えていた。

岩石に近い硬さを持つオーガの皮膚をもやすやすと切り裂く程に。

オーガはべっとりと濡れた胸元を撫で、しかし好戦的な笑みを絶やすことはない。

「……いい武器使ってるじゃねえか。だがッ！」

リョウマが追撃を加えるべく斬撃を繰り出そうとしたその瞬間、オーガは切られた腕を凩へと叩きつけた。

十分に速度の出てない状態である。

凩はオーガの腕肉に埋もれ、絡みとられ、リョウマの動きが一瞬止まった。

「くたばれッ！」

抜こうともがくリョウマに、丸太のような太い脚での蹴り。

真っ直ぐ三〇尺（約一〇メートル）程吹き飛ばされたリョウマは壁に叩きつけられ、壁面には数本のヒビが走った。

「はっ！　ざまぁねぇ！」

今度こそ倒した。そう確信したオーガの目が驚き見開かれる。

リョウマはまるで何事もなかったかのように起き上がり、青縞外套についた埃を払う。

ぽんぽんと、まるで痛みなどないかのように。

合成により強化された防具は、衝撃を大きく軽減していた。

とはいえオーガの一撃、少々防御力が高かろうが無効化される温さではない。

リョウマが無事なのは攻撃の瞬間、後ろに飛んで威力を軽減したのだ。

それプラス、身体の頑強さ。

身体能力向上の木の実をたらふく食べた事により、リョウマの身体能力はそこらの駆け出し冒険者とは比較にならぬ程となっていた。

土煙を纏い、リョウマが駆ける。

オーガが気付いた時には既に、リョウマは眼前に迫っていた。

手にした凩の刃に、オーガは死神の鎌を見た。

一閃、振り抜かれた刃の残像すら見せぬまま、リョウマはオーガの数歩後ろにて着地する。

「な、何もんだてめぇは……ッ!?」

絞り出すような声でオーガが尋ねる。しかし、

「てめぇに答える義理はねェな」

ばっさりと、リョウマはそれを切って捨てた。

――オーガの身体ごとである。

ちん、と凩が鞘に収まる音が響くのと、オーガの首がずれ落ちるのが同時だった。

「む、こいつ何かを持っているな」

オーガの身体から転がり落ちたのは、一枚の巻物であった。

「気配遮断の巻物……確か隠密移動か何かに使える巻物だったかね。……まぁ頂いておくかい」

リョウマはふむと頷くと、それを手に取りずた袋に入れた。

手にした布で凧に付いた血をぬぐいながら、隅で怯える魔物たちを見た。

「さて、お前らは別に襲い掛かってきたりはしないよな？　仇討ちとかで」

「グォッ！　グオウ！」

魔物たちは慌てて首を横に振った。

基本的に損得勘定で動いている魔物たちにとって、仇討ちという概念自体が存在しない。

そもそも魔物たちはあの横暴な守護者に怯えているようだったし、どちらかと言えばリョウマの方を心配しているように見えた。

リョウマはやれやれとため息を吐くと、片づけを始める。

「ぴぎぃ……」

リョウマが片づけをしようとすると、足元にスライムが寄ってきた。

先刻、オーガから器を奪われたスライムだった。

なんとスライムは調理に使った鍋やお玉、包丁に付いた汚れを食べ始めたではないか。

「何だ、手伝ってくれるのか？」

「ぴぎ！」

「そりゃありがてぇ。俺は調理は嫌いじゃねぇが、洗いもんは大ッ嫌ぇなんだよ」

「ぴー！」

スライムは舐めるように汚れを綺麗にしていく。

腰を下ろし無言で支度をしながらも、どこか緩んだ空気が漂う。

その様子はまるで主人と犬のようだった。

オーガを倒して数日、リョウマはダンジョンの出口を探していた。

探索は順調、相変わらず魔物たちが料理を欲して並んではくるのだが、スライムが汚れを落としてくれるのでリョウマとしてはだいぶ楽になっていた。

勝手について来るスライムを見て、リョウマが呟く。

「てかおめぇさんよ、なんか身体が光ってねぇか？」

「ぴー？」

いつの間にやらスライムの身体は、淡い光を帯びていた。

本人（スライム）は気づいていないようだが、うっすらと。

それはどこか、力強さを感じるものだった。

この光にリョウマは見覚えがあった。

魔物の中には主と強い従属関係を結ぶものがいる。

そういった魔物は本来の種ではあり得ぬ力を持つという。

大抵は守護者や強力な魔族クラスと、それに仕える魔物などが持つのだが……

「ぴーぎー！」

スライムはリョウマに甘えた声ですり寄る。
光がさらに強くなったように見えた。
「……まさかな」
首を傾げながらもリョウマは疑問を棚上げした。
そのまま洞窟を進み続けるリョウマの耳に、ふと強い風音が聞こえた。
「む、この感じ……」
風の流れに変化が生じた。
出口が近い、そう確信したリョウマは風の強まる方へと駆ける。
道はどんどん明るくなっていき、久方ぶりの日の光が目に入った。
――外だ。
眩む視界を手で遮りながら、リョウマは新鮮な空気を胸いっぱいに吸い込んだ。
「はぁー……ちくしょう、春風が目に沁みらぁな」
リョウマは編み笠を被り直し、目を細める。
数日ぶりの外の空気だ。深呼吸をすると草むらに寝転び転がる。
虫や花、土の匂いが全身を包むようだ。
その心地よさに思わず息を吐く。
色々あったが、洞窟(ここ)に来た甲斐はあった。
リョウマは立ち上がると、ゆっくりと気を練るように、息を吐く。

全身に力が漲るのがわかる。

おもむろに凩に手をかけると、そのまま振り抜いた。

目にも止まらぬ疾さで閃いた剣閃は、目の前の大木をまっすぐ二つに断ち斬った。

直径六尺（二メートル）はあろうかという大木であった。

大木はずずずと音を立てずり落ちると、やがて土煙を上げ地面に転げた。

それでも刃こぼれ一つなし、リョウマは満足げに凩を鞘に収めた。

「ふむ、いい感じだ」

身体能力、武器の性能、共にここに来る前とは比べ物にならない。

あれから何度か魔物たちへ料理を振る舞い、礼として木の実を貰い、リョウマの身体能力はさらに向上していた。


魔物とはいえ話の分かる奴らもいるものだ。あいつらに会えなくなるのは少し寂しいなとリョウマは感慨に浸る。

とはいえそこまでの情もない、人は人、魔物は魔物、基本的には交わる事のない存在だ。

そう思い歩み出そうとするリョウマの足元には、いつの間にやらスライムがいた。

「ぴー！　ぴー！」

「……おいおい、まだついて来るのかい」

足元でぴょんぴょん跳ねるスライムをリョウマは呆れた様子で見下ろす。

すがる様な目で見上げるスライムに、リョウマはため息を返した。

「……まぁ、いいか。ついて来たけりゃあ勝手にしな」

「ぴーーーっ！」

嬉しそうな声を上げ、スライムは大きく飛び跳ねた。

「さて、とりあえず街へ戻るかな」

十分に草むらの感触を堪能したリョウマは立ち上がり、地図と方位磁石を取り出す。

どうやら街までは二、三日かかりそうである。

何せダンジョンの中を数日歩き回ったのだ。

「まぁのんびり帰るか……む」

ふいにリョウマの腹の音が鳴る。

そういえばそろそろ昼飯時だったたか。

木陰に入るとリョウマは調理にかかる。

流石に洞窟の外までは魔物たちも追ってこれないようで、久しぶりの一人飯だ。

「食材はたんまりあるしな。汁物でも作るか」

魔物たちから受け取った食材の一部はずだ袋の中に保管していた。

煮干しで出汁を取った水に刻んだ玉ねぎと大根を入れ、ぐつぐつと煮込む。

最後に味噌団子を入れて溶かせば味噌汁の完成だ。

ついでに先日残ったゴハンで作り置きしておいたおむすびを二つほど取り出す。

おむすびは塩を振ったゴハンを丸めてノリで巻いただけのシンプルなものだが、手間の割に破格の美味さだ。

特にある程度時間を置いたものは、味が染みいい味になるのである。

いただきます、と手を合わせリョウマはおもむろにかぶりついた。

「ん、美味ぇ！」

ほんのりとした塩味のおむすびと味噌汁、互いが互いを引き立て合う抜群の相性だ。

交互に口に入れながら、リョウマは存分に舌鼓を打つ。

大きなおむすびであったが、あっという間に一つ平らげてしまった。

「ぴー……」

じっと物欲しげに見つめるスライムに、リョウマは手にしたおむすびを差し出した。

スライムは嬉しそうにそれにかぶりついた。

「ぴー！」

「ほらよ、たんまり食いな」

がつがつと食べ始めるスライムの身体は、相変わらず光を放っていた。

よく見れば、その光はどこかで見おぼえがあった。

じっくりとスライムを見つめていたリョウマはふと、呟く。

「……もしかしておめぇさん、ジュエルスライムの子供か？」

「ぴー！」

リョウマの言葉を肯定するかのように、頷くスライム。

ジュエルスライムは子供の頃はスライムと見た目がほとんど変わらないと聞く。

成長と共に輝き始めるとか、そんな事をリョウマは旅人から聞いていた。

「それにしたってどうしたもんかねぇ」

スライムだかジュエルスライムだか知らないが、ともあれこれは魔物である。

魔物を連れている冒険者もいるが、面倒な決まり事があり連れ歩くのも危険だと思われた。

勝手について来ているとはいえ、問題事が起きればリョウマに責任が行くのは明白だった。

リョウマが悩むのをよそに、ジュエルスライムは能天気におむすびを貪る。

「ぴーぎー！」

おむすびを食べ終わったジュエルスライムは、今度は味噌汁の匂いに釣られるようにして鍋へとまとわりついていく。

自身の体内で、鍋に付いた食べ残しを消化しているようだ。

続いて包丁にも。

「ぴー♪」

しばらくすると満足したのか、ジュエルスライムは気怠そうに身体を伸ばし横たわる。

食べてすぐ横になると牛になる――と言ったのは祖母だったか母だったか、スライムの場合はどうなのだろうとぼんやり考えていたリョウマがふと鍋を見やると、それは異常なまでにきれいになっていた。

「ん？　こいつぁ……！」

思わず手に取った鍋は、まるで新品のように光り輝いている。

そういえばジュエルスライムの粘液には金属を美しく丈夫に保つ成分がある、と聞いたことがある。

本来腐食性を持つスライムの粘液だが、ジュエルスライムのものは金属を丈夫に美しく保つ効果があるとか。

上等な研石や金床などにはジュエルスライムの粉末が使われており、その粘液で包まれた金属はさびや汚れを落とし、刃の欠けさえも修復してしまうのだ。

包丁を手に取りじっくりと眺めるが、それも同様に美しく輝いていた。

スライムを連れ歩き調理器具を綺麗にしていたが、道理で妙に綺麗になっているとリョウマは思っていた。

「……ふむ」

これは拾いものかもしれない、とリョウマは思った。

洗い物に刃物研ぎ、共に時間はかかるしリョウマの嫌いな作業である。

それを代わってやってくれるのだ。少々のリスクを背負っても連れて行く価値はある。

「ぴー♪」

「ついてきたい……ってか」

すり寄るジュエルスライムを見て、リョウマは考える。

どうやらこいつは自分に懐いているようだ。

ダンジョン内での様子を見ても、魔物の中には話の分かる奴もいる。

一瞬、仲間という単語がリョウマの頭をよぎる。

だがすぐに首を振った。何せ先刻、仲間に裏切られたばかりなのだ。

仲間なんてのは信じない。

とはいえジュエルスライムはリョウマの作るものが食べたい、リョウマはジュエルスライムに雑務をやらせたい。

二人の利害は一致していた。

「まぁいいさ。きな」

「ぴぃーっ！」

ぴょん、と大きく飛び跳ねるジュエルスライム。

編み笠を被り直し歩き出すリョウマに、ぴょこぴょこ跳ねながら続いた。

「そうだ、名前をつけてやるよ。ジュエルスライムだと長いしな。……そうだな。じゃあジュエ郎で」

「ぴーっ⁉」

自らにつけられた名に、ジュエ郎は驚いたような声を上げた。

「おっ、うれしいのか？」

「ぎー！　ぴー！　ぎー！　ぴー！」

リョウマの言葉にジュエ郎は抗議するかのように鳴き喚く。

だがリョウマはそれを見て喜んでいると思っていた。

「はは、そんなに喜ぶなって。これからよろしくなジュエ郎」

「ぎー……」

恨めしそうに鳴くジュエ郎を見て、破顔するリョウマ。

ジュエ郎はリョウマの名付けセンスと鈍感さに、ない肩を落とした。

ともあれリョウマはジュエ郎を連れ、街を目指す。

ぴょこぴょことついて来るジュエ郎に視線を落とすと、リョウマはふと旅人の言葉を思い出した。

——仲間ってのは作るもんじゃねぇ。自然とできるもんなんだ。

仲間などもう信じない。リョウマの決心を笑い飛ばすような言葉だった。

リョウマは首を振り、前を向く。

これは決して仲間ではない、と。そう思いながら。

だがそれに代わる言葉を、今のリョウマは持ちえなかった。

❖

「お、ここは最初に入って来たところだな」

しばし歩いたリョウマが見つけたのは、レオンらと来た入り口である。

ごたついていてすっかり忘れていたが、奴らに捨て駒にされ入り口まで塞がれたのだ。

そのおかげで回り道をする羽目になったのである。

「ちっ、思い出したら腹立ってきたぜ……ん？」

リョウマは洞窟の入り口でたむろする、レオンたちを見つける。

耳をすませばレオンらの声が聞こえてきた。

「ね、ねぇドレントさん入ってったけど、大丈夫かな……？」

「私たちもついて行った方がいいでしょうか……」

「しかし……中にはあのジュエルスライムが……」

どうやら誰かが中に入った用で、それを案じているようだった。

だがぼそぼそと弱々しく言葉を交わすのみで、彼らは中に入ろうとはしない。

あの時のジュエルスライムを大層恐れているようであった。

リョウマはレオンらの方へと足を踏み出した。

「いよぉ」

「！　り、リョウマ！　生きていたのか」

驚き声を上げるレオンを見て、リョウマはニヤリと笑う。

ふわりと殺気を纏わせて、一歩、二歩と歩み寄る。

レオンらはその迫力に思わず後ずさった。

「……久しぶりだな、ヒトゴロシ、あの時は世話になったぜ」

リョウマの瞳は暗く沈み、鍔の鈴はしゃりんと音を鳴らした。

殺気はじわりと濃さを増していく。

慌てたのはレオンだ。必死に手を振り、リョウマをなだめる。

「ま、待ってくれ！　君とやり合うつもりはない」

「……はぁ？」

「あれから街に帰ってもリョウマが心配で心配で……もしかしたら生きているかもしれないと思って、探しにきたんだよ！　な！」

「そ、そうそう！　そうよねメアリス？」

「……まぁね。心配したわ」

慌てふためき弁明する三人を見て、リョウマは嫌そうに顔を歪めた。

「嘘をつきやがれ。大方落とし物でも取りに来たんだろうがよ」

「違うとも！　キミが生きているのがわかれば、もう安心だ！」

「そうね！　うんうん、よかったわ。リョウマ」

レオンらはそう言うと、愛想笑いを浮かべていた。

怯えたような卑屈な笑みを見て、リョウマはため息を吐いた。

リョウマの殺気は静かに散っていく。

確かにレオンらは憎いが、街の世話になる以上面倒な争いは避けた方がいいとリョウマは思った。

彼らとて、生きるために必死だったのだ。

許すかどうかは置いといて、やり合う程の理由にはなりえないと考え直した。

リョウマは抜きかけた刀を収める。

「……ふん、弁明なんぞ聞きたくないな。目障りだ。消えな」

「許して……くれるのか？」

「もう二度と俺に関わるな」

そう言ってリョウマは彼らに背を向ける。

彼らとこれ以上関わり合いにならない事が、互いに最良だとリョウマは思った。

世間と言うのは存外狭い。リョウマの国には昔から「水に流す」という諺がある。

彼らとは袂を分かち、二度と合わぬがお互いの為と、そう言ったのだ。

「待って！　それは何？」

「んあ？」

ルファはジュエ郎を指差して言った。

無論、その質問にリョウマが答える義理はない。

「お前らには関係のねぇことだ」

「でもそれ魔物……」

魔物を連れているのを咎めようとしているようだった。

リョウマが振り返り射竦めるような目で睨むと、ルファは小さく悲鳴を上げた。

「ルファ、もういい」

問いかけたルファの肩をレオンが掴む。

そして、それ以上関わるなとばかりに首を振った。

リョウマもすぐに前を向き、さっさと街へと歩みを進めるのだった。

リョウマの立ち去った後、ルファはレオンの手を振り払い向き直る。

「ちょっとレオン！　なんでリョウマを帰しちゃったの!?　あいつが連れてたジュエルスライムをギルドに連れて行けば、私たちの無罪が証明されるじゃない！」

「ふっ……くっくっ……いいのさ放っておけば。あのまま、街まで、な」

「れ、レオン……？」

抗議の声を上げるルファに、レオンは不敵な笑いを返すのみだ。

彼の考えを察したメアリスが問う。

「なるほど……レオンの考え、わかりました。素晴らしいです」

「だろう!?　くっくっ、愚かな田舎者が調子に乗りやがって！　後悔させてやるぞ！　はーっはっはっはっは！」

「？？？」

高笑いするレオンを見て、ルファは疑問に首を傾げるのだった。

「さて、お前はここで待ってな」

「ぴー♪」

街中へと辿り着いたリョウマは、ジュエ郎を外で待たせることにした。

いくら懐いてるとはいえ魔物は魔物。街中で連れ歩くわけにはいかない。

「とはいえこのままというわけにもな……そうだ」

リョウマは以前オーガを倒して手に入れた、気配遮断の巻物を取り出した。

それを手に取り、念じる。

「対象、ジュエ郎。其の気配は遮断され姿諸共ひた隠すべし……っと」

リョウマがそう読み唱えると、ジュエ郎の姿が薄れていく。

同時に魔の気配も薄く、その場にいるのは注意せねばわからぬ程だった。

「ふむ、これならいいか」

「ぴーっ！」

「莫迦、鳴くんじゃねぇよ」

言葉とは裏腹に、リョウマの口には笑みが浮かんでいた。

ジュエ郎の頭をぽんと撫でると、街へと入っていく。


まっすぐギルドへ向かい、扉を開けると皆の視線が集まる。

リョウマはどよめく彼らを一瞥すると、まっすぐ受付嬢の元へと歩いていく。

そして編み笠を上げて、言った。

「よう、久しぶり」

「……驚きました。生きていたのですね」

そう返す受付嬢は、驚いているようなそぶりは見せなかった。

「何とかな。えらい目にあったが」

「存じております。大変でしたね」

どうやら事の顛末は大まかには察しているようである。

先刻レオンらダンジョンで見たのも、リョウマを見捨てた事を受付嬢に責められたからだろう。

それよりリョウマはこの鉄面皮な受付嬢が自分の事を労ったことに驚いていた。

ただの社交辞令かもしれないが、悪い気はしなかった。

少しは笑顔を浮かべてくれればもっといいのだが、そこまで要求するのは酷というモノか。

何せこの受付嬢、誰と話す時も全く表情を変えないのだ。

苦笑するリョウマを見て、受付嬢は少し眉を動かした。

「……私の顔に何かついてます？」

「いぃや何も」

無表情でにらまれ、リョウマは首を振る。

もっと愛嬌を振り撒けば美人の部類なのに、もったいないとリョウマは思った。

「ちょっと待った！」

突然の声に、皆が振り返る。

開け放たれた入り口に立っていたのはレオンらであった。

不敵な笑みを浮かべ、リョウマの方へまっすぐ歩いてくる。

「……なんだ？　先刻の俺の言葉を聞いていなかったのか？」

「ふっ、そう強気でいられるのも今のうちだ……みんな！　聞いてくれ！」

レオンは大きな声を上げ、全員の視線を集める。

十分に注目を集めたのを確認したレオンは、リョウマを指差した。

「こいつは魔物の仲間なんだ！」

その言葉に周囲がざわめく。

この大陸では古くから魔物と人間は相容れぬ存在である。

「魔物と手を組んで、この街を滅ぼすつもりなんだよ！　その手始めに僕たちをジュエルスライムの待つ洞窟に誘い込み、襲わせた！　なんとか僕たちは、仲間の力でそれを切り抜けたがな！」

「証拠もあるわよ。ほら」

レオンの後ろから出てきたルファが、袋を床に投げた。

袋はじたばたと暴れていた。

それはちょうど、街の外に置いてきたジュエ郎と同じくらいのサイズだった。

「ぴー！　ぴー！」

弱々しく鳴く声は、まさにそれ。

足元へと這いずり寄るジュエ郎を見て、リョウマの瞳孔が一瞬で縮んだ。

「ふん、図星のようだな！　僕たちを騙そうとしてもそうはいかないぞ！」

人差し指を突き付けて、勝ち誇るレオン。

周囲のざわめきはさらに大きくなっていく。

ペースは完全にレオンのものだった。

勝利を確信したレオンはリョウマの前につかつかと歩みよると、編み笠へと手をかけた。

「さぁ正体を現せ！　この魔物め！」

払いのけられた編み笠が、床に落ちる。

――さぁ、どんな顔をしている？

そう言わんばかりの嘲り顔でリョウマの顔を覗き込むレオン。

その動きが、止まった。

「……ッ!?」

ざんばらに切られた黒髪の隙間から覗く瞳の色は、まるで一点の光も差さぬ闇。

レオンとて冒険者の端くれである。それなりに修羅場もくぐってきた。

その彼が恐れ慄く程の、闇の深さ。

ダンジョンに潜る前とはまるで別人……本当に魔物だったのではないか。レオンは本気でそう思った。

手汗は噴き出て、顔面は蒼白。気づけば一歩後ろに下がっていた。

「……やれやれ」

リョウマはレオンが引いた分、一歩前に近づく。

「な、なによ！　近づかないでよ！」

「そうです！　汚らわしい！」

編み笠を拾いかぶり直すリョウマに降り注ぐ罵声。

だがリョウマに動じる様子は微塵もなく、むしろそれはレオンの方が——

「二度と俺に関わるな——そう言ったよな」

半月に歪んだリョウマの口から紡がれる冷たい声に、レオンの首筋から冷たい汗がつぃと垂れ落ちた。

見ればリョウマは凩に指をかけていた。

それを見たレオンはヒッと怯えた声を上げた。

「な、何をする気だ貴様！　それ以上近づくんじゃあないッ！」

無言で歩み寄るリョウマから、逃げるように後ずさるレオン。

狼狽するレオンの目にふと、窓ガラスに反射する自身の姿が映った。

その顔は怯え竦み、手足は小刻みに震えていた。

まるで生まれたての小鹿のような自身の姿に、レオンは少なからずショックを受けた。

——こんな風に見えているのか、僕は。

レオンは貴族の末子として生まれ、家督を継げないと知るや冒険者になった。

下賤な冒険者の中でなら、選ばれし貴族である自分が輝けるに違いないと。

他の冒険者とは違う、選ばれし存在なのだと。

先輩冒険者の言葉も、受付嬢の言葉も、些末事だと聞き流していた。

金も、他の冒険者とは比べ物にならないほど持っていた。

だからいい装備も買えたし、仲間もすぐに集まった。

今は赤銅だがこれから仲間と共に成り上がり、最高の冒険者となる……そのはずだった。

それが今はこのザマ。最高の冒険者どころか、みじめな負け犬のような自身の姿を見て、レオンは唇をかみしめる。

——馬鹿なっ！　逆だろう！　追い詰められて怯えるのは奴……リョウマのはずだ！

レオンは拳を握りしめ、踏みとどまるとリョウマを睨みつける。

「ふ、ふん、正体を見破られ開き直ろうと言うのか？」

それが今のレオンに出来る精一杯の強がりだった。

だがリョウマに動じる様子は全くない。

ため息交じりに無言を返すと、袋を拾い上げた。

「こいつは返してもらうぜ」

そして袋の中からジュエ郎を取り出す。

ジュエ郎の身体には火傷や切り傷など、痛めつけられた跡が残っていた。

リョウマはジュエ郎を持ち上げると、腕に抱いた。

「ぴぃー……」

「おうよしよし、痛かったな」

そして優しく撫でる。

ジュエ郎はそんなリョウマに身体を擦り寄せた。

レオンたちはそれを見て、それ見た事かとばかりに色めきたった。

「それみろ！　やはりこいつは魔物と仲間じゃないか！」

「えぇそうよ！　こいつは魔物だったのよ！」

「邪悪よ！　去りなさい！」

三人の態度に、周りの視線は冷ややかだった。

よく見れば盛り上がっているのはレオンたちだけだった。

それに気づいたレオンは、何が起きているのかわからないと言った顔で全員を見渡す。

「い、一体どうしたんだよみんな！　こいつは魔物を連れているんだぞ!?　見るんだ、ほら、あんなに懐いているじゃあないか！」

「……ぷっ」

冒険者たちの一人が、吹き出した。

それは伝播していき、全員が大笑いし始めた。

「ぎゃっはっは！　いやーこれだからお坊ちゃんは笑わせてくれるぜ！」

「これは傑作だな！　もの知らずの阿呆だとは思っていたが、これほどとはなぁ！」

「ひーっひひひっ！　く、くるしいっ！」

「な、なにがおかしいッ！」

何が起こっているのかわからないと言った顔で、レオンは声を上げた。

その後ろで、受付嬢がため息を吐いた。

「確かに無断で、かつ危険な魔物を街中で連れ歩くのは許しがたい事ではありますが、別に大罪というわけではありません。許可を得れば無問題。それに冒険者の中には有用な魔物を使い魔として使役する者もいますしね。……というかよく見ればわかりそうなものですが」

「人に興味がねーんだよ、この坊ちゃんは！」

受付嬢の言葉を補足するようなヤジが飛ぶ。

見ればヤジを飛ばしたその男も、蛇のような魔物を連れていた。

――これは石蛇という魔物で、噛まれると石になったかのように動きを止めるのだ。

男は戦闘補助要員として、この石蛇を卵の頃から飼育していた。

他の冒険者たちの中にも魔物を連れている者は少なからず存在している。

ひとしきり納まるのを待って、受付嬢が続ける。

「リョウマさんはその魔物に気配遮断の魔術を使っていますね？　それもかなり高位の。それによく懐いている。ならば、ぇぇ、特に許可を取る必要すらありません。一般人を怯えさせることもないでしょうしね」

「な、なん……だと……？」

ふらりとレオンはよろめいた。

「そもそも何でこいつは魔物を街に入れてはダメだと思ってたんだ？」

「あー、あれだろ。こいつどっかの貴族だからさ。そういう教育されてたんだろうよ」

「……つーか、魔物を連れてきたのはこいつじゃね？」

「ぶふっ！　確かに！」

冒険者の呟きに、他の者たちが吹き出した。

笑い声は大きくなるばかりだった。

「しかしドレントの奴、そんなことも教えてなかったのかよ！」

「いや、あいつは糞真面目だからな。教えてたと思うぜ。ただこいつが聞いてなかったんだろうな」

「舐められやすいからなぁ。あいつ」

冒険者たちはもはやレオンに興味を失ったかのようだった。

雑談が始まり、ギルドはいつもの喧騒を取り戻した。

レオンは真っ赤な顔になっていた。

「く、くぅぅぅーーっ！　黙れ！　黙れよ！　下賤な冒険者どもが！　僕をコケにするのは許さんぞ！」

「おいおい、おめーもその下賤な冒険者じゃねぇかよ？」

嘲り笑う冒険者の言葉に、レオンはすぐさま反論した。

「全然、全く、微塵たりとも違うっ！　僕は貴族だぞ！　貴様らのような冒険者（ゴミ）と一緒にするなっ！」

はぁはぁと息を切らせるレオンだったが、ふと後方からの冷たい視線に気づいた。

ルファとメアリスが、レオンを見ていた。

その目はとても信じられる仲間に向けるものではなかった。

「れ、レオン……私たちのことそんな目で見ていたの……？」

「確かに私たちはただの平民ですが、それでもレオンは仲間だと思ってくれていると……そう思っていたのに……！」

悲しむ二人を見て、レオンは慌てた。

「ち、ちがう！　誤解だ！」

すぐに自らの過ちに気づくも、時すでに遅し。

弁明の言葉にも、ルファとメアリスは冷たい視線を送るのみだ。

嘲笑、蔑み、哀れみ、悲哀、憤慨、呆れ、冷笑、そんな視線が集まり、レオンの心を折った。

膝から崩れ落ちるレオンを、リョウマは見下ろしていた。

凩にかけていた指を下ろし、踵を返すのだった。

「くそ……くそぅ……！」

レオンの呻き声は、冒険者たちの笑い声にかき消されていった。

「いやぁ愉快痛快、ってなぁこの事だな」

鼻歌を歌いながらリョウマは夜の街を行く。

月明りに照らされた明るい夜道は、晴れ晴れとした彼の心を表すかのようだった。

本来であれば自分が言いくるめるつもりだったが、受付嬢の言葉で遮られてしまった。

それに加えて他の冒険者たちのヤジが飛び交い、リョウマが何か言う必要すらなかった。

「レオンの奴、相当嫌われてたんだなぁ」

そう思えば、哀れにも思えた。

あれだけの事をされた怒りも、今やすっかり消え失せていた。

「待てッ！」

リョウマが振り返ると、そこにいたのはレオンであった。

レオンの顔はひどいものだった。

目は虚ろで、鼻や口からは液体が垂れ落ち、余程掻きむしったのだろう、先刻までは整えられていた髪もぼさぼさに乱れていた。

自信に満ち溢れていた顔は卑屈に歪み、自棄という文字を貼り付けたような顔をしていた。

人とは短期間でここまでみじめになるものなのかとリョウマは思った。

「おいおい、二度ならず三度まで俺の前に姿を現すたぁ、怒りを通り越して呆れるぜ。一体全体何の用だ？」

「ふ、ふふ、ふふふふふ」

リョウマの言葉にレオンは、壊れたように笑う。

そしてぽつぽつと語り始めた。

「僕のね、冒険者の称号ははく奪されたよ。後輩冒険者を陥れ、その連れの魔物を傷つけたとかでね。ふふ」

「おー、そりゃあ英断だ」

「それだけじゃない、ルファもメアリスも、僕の元を去ったんだよ。捨てられたんだ僕は、あははははっ」

「それまた英断だ。ようやく曇っていた目が晴れたってところかねぇ」

「一人……独りだ、僕は、もう、独り……捨てられたから、もう失うものもないんだ、ははは、はははははっ！　ああっはははははは！　あはは‼」

狂ったように笑うレオンを見て、リョウマはそれ以上言葉をかけなかった。

見るに堪えぬ……リョウマの心境を察したかのように、月は陰りレオンの姿を闇に隠す。

漆黒に染まるレオンの影が、ゆらり揺れる。

その目は狂光を帯びていた。

「お前のせいだ！　全てお前の！　わかっているのか下賤の冒険者風情がッ！」

レオンの罵声を受け、リョウマは片耳に小指を突っ込んだ。

そしてぐりぐりと指を回した後、取れたゴミをふっと吹き飛ばした。

「同情でも求めてんのか？　生憎だが俺はそんなに優しくなくてな。死ぬなら死ね」

「ふぅーーーっ！　はぁ、ふぅ……」

呼吸を整えるレオン。

「死ぬ……か、それもいいかもしれないね」

口調は戻っていたが、狂気に染まった瞳の色は元には戻っていなかった。

うすら笑いを浮かべながらレオンは、ゆらり、ゆらりとリョウマへ近づいて来る。

幽鬼の如き表情に、リョウマは尋常ではない空気を感じ取った。

「ただし、お前を道連れにだッ！」

レオンは剣を引き抜くと、リョウマへ向け真っ直ぐかざす。

銀閃がゆらりと、差し漏れた月光を弾き、妖しく輝いた。

「うぁあああああああああああッ！」

それがレオンの理性が振り切れる合図だった。

雄叫びを上げながら迫るレオン。

手にした剣を振りかぶり、リョウマへと迫る。

辺りは暗闇、周囲に人気はなし、助けは呼べない。

――そこまでが、リョウマの段取りだった。

「……やれやれ」

それでも気は進まないとばかりにため息を吐くリョウマ。

腰元の刀に手を添えると、向かってくるレオン目がけ水平に滑らせた。

レオンの剣がリョウマに触れるその瞬間、その姿はレオンの目の前から消えて失せていた。

「くっ!? ど、どこだ！」

思わず辺りを見渡すレオン。

目の端に映った影を捉えるべく身体を捻ると、自分のすぐ真後ろにリョウマを見つけた。

その時、レオンは違和感に気付いた。

見ているのは完全なる真後ろ。

本来身体が動かせる範囲では、決して見れぬ景色であった。

「え……ぁ……?」

途端、崩れ落ちる視界。

冷たい土の感触がレオンの頬に当たっていた。

続いて生暖かい液体に濡れる感触。

——血だ。

見慣れた下半身——そう、自分の腹から血飛沫は噴き出していた。

気づけばレオン自身、すでに上半身しかなかった。

レオンの身体はまっすぐに二つ、綺麗に切断されていた。

血の雨と共に臓物も零れ落ちていく。

地面が温いのは血の温度か、それとも自身の体温が落ちているからか。

「……!　……!」

何かしゃべろうとしたが、ひゅーひゅーと息を吐くのみで何も言えない。喋れない。

気道は血で塞がれ、何度口を開こうとも血を吐き出すのみだ。

先刻まではっきりとしていた意識が、次第にもやがかかったように朦朧（もうろう）としていく。

――死、レオンの頭によぎったのはその一文字だった。

その瞬間、敵も味方もなく、助けを求めるようリョウマに手を伸ばす。

だが、リョウマはレオンに一瞥もくれようとはせず、歩き始める。

――待ってくれ、俺が悪かった。

言おうとするもやはり言葉は出ない。

ずり、ずりと這い寄るレオンだが、リョウマの歩く速度には追いつけない。

次第にレオンの意識が消えていく。

――昏い……冷たい……暖かい光が浴びたい。太陽でなくていい、月でも、せめてあと一度だけでも。

最後に考えていたのはそんなことだったろうか、レオンは暗闇の中、息絶えた。

ふと、暗闇を歩いていたリョウマの脚が止まる。

風が吹いた。

雲が流れ、月が姿を見せ辺りを照らし始める。

いつの間にだろうか、そこには新たな人影が生まれていた。

「……感心しませんね」

影の主は受付嬢だった。

先刻、レオンとの一悶着の後、リョウマは襲撃を予想して受付嬢へと一枚の紙を渡していた。

——街外れの民家街へ来て欲しい、と。

夜ならば、人通りの少ないここでなら、レオンは確実に襲撃してくると踏んでいた。

リョウマはここで返り討ちにするつもりだったのである。

だがそれには相手から仕掛けてきたと、証する人が必要だった。

そうでなければリョウマは殺人者の汚名を着せられることになるのは明らか。

だから、受付嬢を呼びだしたのだ。

相変わらずの鉄面皮、しかし受付嬢はリョウマを睨んでいるようにも見えた。

無言の圧力に、リョウマはその理由を返す。

「俺だって気が進まなかったさ。だが今のは正当防衛だろう?」

「それでも感心はしません。私を証人として使おうとするところも含めて、ね」

受付嬢は目を見開いたまま事切れたレオンの横に腰を下ろすと、そっと目を閉じさせる。

未だ安らかとは程遠い表情だったが、それでも幾分かはマシになった。

それを見てリョウマは口笛を吹く。

「意外とお優しいんだな」

「私は誰にでも平等なだけです」

顔色一つ変えずに言う受付嬢を見て、リョウマは彼女の性格を何となくわかった気がした。

あくまで中立主義、敵も味方もない性格なのだと。

しかしそういう性格でなければ、受付嬢なんてのは務まらないのかもしれないとも、思った。

ともあれ用の済んだリョウマは編み笠を被り直し、受付嬢に背を向ける。

「さて、それじゃあ用も終わったし、俺はもう行くぜ」

「お待ちなさい」

まだ何かあるのか、振り返るリョウマに受付嬢が何かを投げつけてきた。

咄嗟に受け止め見ると、それは金属のプレートだった。

銅色の小さな、一寸(3センチ)ほどの鎖の付いたそれは、自身が首に付けているものの色違いだった。

そこにはリョウマの名が刻まれていた。

銅等級冒険者を示すプレート。鉄等級から昇格した証である。

だが理由のわからないリョウマは首を傾げた。

「……こいつはなんだい？　受付嬢さんよ」

「見ての通りですよ。貴方を銅等級冒険者に認定します」

その言葉にやはり首を傾げるリョウマ。

数日前は取りつく島もなく、鉄等級の扱いを受けたのに、何故？

訝しむリョウマに受付嬢が続ける。

「先日、私の見立てでは貴方の実力は銅等級でした。……ですが、異国出身という事もありますし、しばらくは鉄等級でやってもらおうという判断だったのです。試すような真似をして申し訳ありません」

「あぁあの、すてぇたすちぇっく……ってやつかい。登録ん時に血を採って何か調べてたな」

「えぇ」

登録の際に行われる──能力測定は、本人の血を調べることでその身体能力や魔力を測定することが出来る。

──実際には、リョウマの能力は青銅等級相当の数値を叩き出していた。

大陸に来て、魔物を狩りながら長旅を続けた結果であった。

それでも受付嬢が鉄等級のプレートを渡した理由は、将来有望な青年によりよい冒険者となって欲しいから。

リョウマであれば独りでもある程度の依頼はこなしてしまうだろう。

だがそれでは何か計算外の事が起きた時、死ぬか、そうでなくても大きな傷を負ってしまうかもしれない。

そうなってからでは遅い。受付嬢は何人もの無謀な初心者を送り出し、死なせてきた。

その経験から受付嬢はリョウマに一人では受けられない状態から始めさせたのである。

そんな事情は露知らぬリョウマは、受付嬢に尋ねる。

「それで？　こんなに早く評価が変わった理由は？」

「貴方は様々な面で力を示しましたから。このご時世、優秀な冒険者というのは幾らいても多すぎるという事はありません。少々掟破りではありますが、貴方は優秀な冒険者になるでしょう」

「そりゃ光栄だねぇ」

リョウマは首にプレートを付けると、それを見てにやりと笑った。

その目は夜の闇よりも黒く彩られていた。

——理由はもう一つあった。

最初リョウマがギルドを訪れた時は、まだその目は希望の光に満ちていた。

だがレオンに裏切られ、洞窟に捨てられたことでリョウマは莫迦みたいに人を信じるという愚かさを知った。

これからは易々と人の口車に乗ることはなくなるだろう。

半面、全く他人を信じないというわけでもない。

リョウマの肩に乗るジュエルスライムはリョウマを慕っており、リョウマもまた傷つけられたジュエルスライムを労わる心を持っていた。

敵を見極める冷静さ、そして仲間を愛する心。

——仲間を信じられない奴はクソだ、というのは先代勇者の言葉だったか。

その言葉は様々な含蓄(がんちく)を持った、いわゆる一つの心理だと受付嬢は思っていた。

いい冒険者になる要素の、特に大事な部分だとも。

「もう一つ、聞いていいか？　受付嬢さんよ」

「……どうぞ」

受付嬢の返事にリョウマは手にしたプレートを手の内で弄びながら言った。

「プレートってのは大事なもんだろ？　投げて寄越すたぁどういう了見だい」

「貴方の事、気に入りませんから」

「……はん」

無表情で答える受付嬢を、リョウマは一笑に付した。

リョウマとてわざわざ好かれたいとも思っていない。

踵を返しこの場を去ろうとするリョウマに、受付嬢が声をかける。

「それと」

振り返るリョウマの目を、受付嬢はまっすぐに見据えた。

鉄面皮のまま、無表情で。

「私の名は受付嬢ではありません。ミュラです」

「そうかい」

それだけ言って、リョウマは去っていった。

気に入らないくせに名を名乗るとは、よくわからない女だと思いながら。

一陣の夜風がリョウマの青縞外套を揺らしていた。

❖

めでたく銅等級冒険者となったリョウマは、まずはここベルトヘルンを拠点に活動することにした。

兎にも角にもまずは住む場所、というわけでリョウマは宿を探し始めた。

「あんた……異国の民かい。んーウチの宿じゃちょっとなぁ……」

「おい冒険者かよ、しかも異国人なんて泊めたら何言われるかわかったもんじゃない！　帰ってくんな！」

……だが宿探しは難航していた。

荒事を起こす冒険者自体、歓迎する宿は少ないのだが、異国人であるリョウマはなおさらだった。

どこへ行っても追い返され、途方に暮れていたのだ。

「ちっ、金はあるんだがな」

手にした貨幣でお手玉をしながら、リョウマは舌を打つ。

魔物たちからの謝礼でリョウマの懐はそれなりに潤っていた。

だが逆に、それが怪しまれて拒否されていたのである。

それも仕方のない事だろう。

身元も知らぬ異国の冒険者が「金なら幾らでもあるからしばらく泊まらせろ」と言ってくれば怪しいなんてものではない。

普通の宿であれば断るのも当然の話だった。

学のないリョウマには、そこまで気は回らなかったが。

「なーにいちゃん。もしかして泊まるところ探してるのか」

そんなリョウマの袖を引いたのは、ボロ服を着た少年である。

色黒で背は低く、鼻が妙に大きな少年。

少年はリョウマを見て、にかっと笑う。

「ウチなら空き部屋あるから泊まれるよ！」

「……本当かい」

「本当さ、嘘なんかつくかい！」

半信半疑のリョウマだったが、他にアテがあるわけでもなし。

少年は悩むリョウマの手を取ると、裏路地へと入っていく。

「こっちさ！　ついてきなよ」

「む……」

リョウマは仕方なく少年に手を引かれ、その後をついていくのだった。

裏路地を奥へ奥へと進んだ先、たどり着いたのはボロボロの家だった。

民家と言われても仕方がない程のボロ家。少年はその扉をくぐり、声を上げる。

「とっちゃー！　お客さん連れてきたぞー！」

「おーう！　すぐ行く！」

しばらくして扉から出てきたのは、ひげもじゃの男。

少年と似て、肌は浅黒く大きな鼻をぶら下げていた。

小柄だがいかついその姿は、どこか威圧感があった。

大人を見てリョウマはようやく気付く。彼らはドワーフ、亜人種である。

ドワーフとは、主に山岳地帯に住む亜人種で、手先が器用で火と鉄の扱いが極めて上手い。

名工を数多く輩出し、人間とも古くから関わりを持っている種族の一つである。

ドワーフの男は少年の頭をわしゃわしゃと撫でる。

「よくやったぞ、息子よ」

「へへっ、小遣い弾んでくれよな！」

「ったく調子がいいのう！　はっはっは……さて」

宿の主人はリョウマの方を向き直ると、値踏みするように顎髭を撫ぜる。

「ほう、おんし異国人かい」

「まぁな。おかげで宿探しにも苦労している」

「そうじゃろう。どうじゃ、ウチに泊まっていくかい？」

「いいのか？」

「無論無論、金さえ払ってくれるなら幾らでもおってくれていいぞい。一泊こいつでどうじゃ？」

主人が手のひらを大きく広げた。

それを見たリョウマは眉を顰める。

「む……少し高いな」

「ドワーフってのはがめつくてのう。で、どうする？」

ニヤニヤと笑う主人だが、その顔からはあまりいやらしさを感じなかった。

ややぼったくりに思えたが、それでも泊めてくれるだけましである。

リョウマはため息を吐くと、頷いた。

「……構わない。では今日から泊まらせてもらう」

「交渉成立じゃの♪　さぁさぁ部屋に入られい」

主人に案内され、リョウマは宿へと足を踏み入れる。

宿の中はそれなりに広く、ボロではあるが住み心地は悪くなさそうだった。

「とりあえずプレートの写しを取らせてもらえるかの。それが身分証代わりになる」

「わかった」

リョウマはプレートを手渡し、主人は手慣れた仕草で羊皮紙に文字を写していく。

「名はリョウマ、冒険者階級は銅……か。いやぁ駆け出しってやつじゃな。懐かしいのう。ワシも昔は鍛冶屋兼冒険者をしていたもんじゃ」

「ご主人も冒険者だったのかい」

「あぁ、この辺りじゃちょっとした有名人だったんじゃぞ？　鉄血の鉱人、だのなんだのと、そりゃもてはやされたもんじゃわい。だが膝に矢を受けてのう。廃業したんじゃよ。はっはっは！　ようし、できたぞい」

話している間に書き終えた主人はリョウマにプレートを返す。

リョウマはそれを問題ないかを確認し、頷いた。

「うむ、間違いねぇ」

「それじゃあゆっくりしてくんな」

リョウマは主人から金属の板を受け取った。

これは部屋の鍵で、扉の前に掛けられた錠前に嵌めるとキィと音を立て扉が開いた。

鍵は扉に吸い付くようなズレの小ささで、ボロ家に似合わぬ丁寧なつくりだった。

名のある鍛冶屋という話はあながち嘘ではないようだ。


「ふぅ、やっと寝床を確保したな」

煎餅のような布団が敷かれたベッドに座ると、ぎしりと軋み音が鳴る。

こちらは安宿にふさわしい、到底綺麗とは言えない部屋だった。

だが、今のリョウマにはこれで十分。

久しぶりの布団に身体を投げ出すと、瞬く間に眠気が襲いかかってきた。

無理もない。ほとんどずっと野宿だったのだ。

洞窟の中は寝返りも打てぬほどでこぼこだし、草で作った即席布団は隙間風が冷たく染みる。

それに比べれば、ちゃんとした布に包まれて眠れるだけでも幸せであった。

眠気に逆らう事なく、リョウマは意識を投げ出した。


――――どれくらい経っただろうか。

宵刻(よいのこく)にて、リョウマは不意に目が覚めた。

外は月が煌々と照っており、眠ろうと目を閉じてもどうにも寝付けない。

中途半端な時間に寝てしまったからだろうか、完全に眼が冴えてしまったようだ。

リョウマはベッドから起き上がると、大きく伸びをした。

腹時計は亥四つ時（約午後十一時）を示していた。

「どれ、ちょいと街をぶらついてみるか」

大きく伸びをすると、リョウマは他の客を起こさぬよう足音を忍ばせながら宿を出る。

それでも割れた床板は、時折ぎしりと音を鳴らしていた。

夜とはいえ、月明かりがある夜だ。

まだ人通りもあるし、店もちらほらと開いていた。

飲み歩く冒険者、派手な服を着た女、酔いつぶれた中年、夜のベルトヘルンは昼とは違う様相を見せていた。

どこかで一杯ひっかけるか。リョウマがそう思い辺りを見渡していると、布を被った女と目が合う。

「あ――」

か細い声を上げる女の顔にリョウマは見おぼえがあった。

ルファとメアリスだ。

何故こんなところに、疑問に思い立ち止まるリョウマに駆け寄ってくる二人。

「リョウマ！」

「よかった……また会えて……」

二人の変わりようにリョウマは戸惑う。

つい先日まで冒険者だった二人が、何故こんな夜遅く街に。

しかも二人の衣服は以前のものではなく、もろ肌の透けるやたら露出の多い服。

いわゆる夜鷹――男の相手をして金を稼ぐ類の商売をしているのは明らかだった。

「聞いてよ酷いの！　レオンが逃げたの！　しかも借金までしてて、知らない怖い人が私たちに払えって……払えないって言ったら、ここで働けって……う……ぐすっ」

「何故何の関係もない私たちが……不条理です」

どうやら二人は借金取りに掴まり、男の相手をさせられているようだった。

確かに二人は、銅等級冒険者にしては、妙にいい装備をしていた。

だがレオンは二人に捨てられたと言っていた。尤も、真偽のほどはどちらでもいい。

というかリョウマはそんな話に興味もなかった。

涙ぐむ二人に、リョウマは冷めた目を向けた。

「ふーん……で？」

「……ッ！」

唇をかみしめるメアリス。

ルファの目からは大粒の涙がボロボロと零れていた。

「お願い！　私たちを一緒に連れて行って！　私、魔術が使えるの！　貴方の為ならなんだってするわ！」

「それなりの場数は踏んできました。知識も経験も十分にあります。私たちが役に立つのはあなたが一番よくわかっているのでは？」

すがりつく二人の身体がリョウマに密着する。

柔らかな人肌の感触。

二人ともそこそこ顔は整っている方である。大抵の男であればそれでコロッといくだろう。

だが、リョウマはそれに強い嫌悪感を示した。

苦い顔をして、二人を跳ねのけるように突き飛ばした。

二人は地面に尻持ちを突き、何が起きたのかと目を丸くしている。

リョウマは編み笠を被り直すと、くるりと踵を返した。

「……俺には関係のねぇこった」

「そ、んな……」

そのまま足早に去っていくリョウマを二人は呆然と見送るのみであった。

夜風が二人の肌を冷やす。

身体の芯まで、心の芯まで。

――その後、リョウマは二人の姿を見ることはなかった。

風の噂では男から病気を貰ったとか、逃亡を図り奴隷に落とされたとか……

だがそんな噂すらすぐに聞こえなくなる。

消えてしまった冒険者の事など、人の記憶には残らない。

全ては木枯らしのように吹き去るのみであった。


一方その頃。

ドレントはまだ洞窟の中にいた。

「うおおおお！　どこだリョウマぁぁぁぁぁ!!」

声を上げながら、魔物たち相手に槍を振り回していた。

ひとしきり戦闘を終え、周りを見渡すが当然リョウマの姿はなし。

ドレントは舌打ちを一つすると、洞窟の奥へとひた走る。

「くそっ、無事でいろよ……！　リョウマぁぁぁぁぁ!!」

それはドレントの体力が尽きるまで行われた。

ドレントがリョウマの無事を知ったのは、それから数日後の事だった。

三・魔物と冒険者。

「さて、ねぐらも手に入れたところで、いっちょ買い物にでも行くとするかい」

荷物を全て降ろし、空となったずだ袋を背負いリョウマは宿を出る。

ベルトヘルン中央通りに着いたリョウマは、通りに並ぶ露天商の数に驚いた。

「へぇ、すげぇ人だな」

行き交う人々を一瞥し、リョウマは編み笠を被り直す。

まず、最初に来たのは米を売っている店だ。

大陸でも米は主食として食べられている。

リョウマの故郷の米と違って少々パサついてはいたが。

リョウマは用意していた袋と貨幣を、店主の前に置いた。

「親父、米をくれ」

「あいよっ!」

店主は言われた通り、ザラザラと米を入れていく。

満足したリョウマは礼を言うと次の店に足を運んだ。

辿り着いたのはマメ類を売っている店だ。

リョウマは用意していた袋と貨幣を、店主の前に置いた。

「親父、大豆をくれ」

「あいよっ!」

店主は言われた通りにザラザラと大豆を入れていく。

満足したリョウマは礼を言うと次の店に足を運んだ。

次に辿り着いたのは塩を売る店だった。

港町ベルトヘルンでは塩の生産が盛んで、よって比較的安値で手に入れることが出来るのだ。

リョウマは用意していた壺と貨幣を、店主の前に置いた。

「親父、塩をくれ」

「あいよっ！」

店主は言われた通り、サラサラと塩を入れていく。

満足したリョウマは礼を言い、次の店へ行く。

辿り着いたのは陶器を売る店だった。

「親父、壺をくれ」

「壺……あぁ、陶器ね。あいよっ！」

店主は言われた通り、中小幾つかの陶器の入れ物をリョウマの前に並べた。

リョウマはそれを荒縄で括り付け、数珠繋ぎにして背負う。

「まいどありっ！」

「ありがとよ」

両手両肩に荷物を持って、リョウマは宿へと戻る。

「親父、台所借りるぜ」

「おう、綺麗に使えよ」

この宿は後片付けをするのを条件に調理場を客に開放しているのだ。

リョウマは買って来た壺を並べると、まな板と包丁を取り出した。

そしてずだ袋に入れていた人参やら大根やらを並べる。

ザクザクと野菜を切り落とし壺の中に入れると、その上から塩を振りかけ、蓋をして石を乗っけた。

それを見ていた主人がリョウマに声をかける。

「おう、何を作ってるんだい」

「漬けもんだよ」

これは塩揉みした野菜を壺につけ、寝かせて置く基本的なものだ。

「へぇ、野菜の塩漬けかい」

「まぁそんなもんだ」

大陸にも似たような文化はあるが、それは肉の塩漬けがメインで野菜の漬物は珍しかった。

目を丸くする主人に、リョウマは持ち合わせていた漬物を取り出し差し出した。

「どうだ、ひとつ食べてみるかい？」

「おっ、いいのか？」

「ドワーフの舌に合うかはわからねぇがな」

「ははは、ドワーフってのは馬鹿舌だからよ。何でもウメェウメェって言うもんさ。どれ」

主人は漬物を手に取り、ひょいぱくと口に入れた。

パリパリと音を立て食べていた主人の目が驚きに見開かれる。

「……こいつは驚いた！　ウメェじゃねえかよ」

先刻の言葉を思い出したリョウマは、苦笑する。

「ドワーフってのは馬鹿舌らしいが……」

「馬鹿野郎、そりゃ言葉のアヤってもんだ。素直な言葉だよ。こいつは」

「そりゃどーも」

バシバシとリョウマの背中をたたく主人。

リョウマは苦笑しながらも作業に戻る。

次にリョウマは大鍋を用意して、その中に買って来た大豆をしこたまぶち込んだ。

そしてヒタヒタになるまで水を入れ、火にかける。

「今度は何を使ってるんだい？」

「味噌さ。俺の故郷の調味料だよ。まずはこの状態で、一刻半（三時間）ほど煮込んでやる」

鍋はぐつぐつといい始めた。

漬物作業を続けながらもアクを取り続ける事一刻半。

鍋のふたを開けると、いい匂いが辺りに漂う。

「煮すぎじゃねぇのか？　ふやふやだぜ」

「こんくれぇでいいのさ。……うん、美味ぇ」

一粒摘まんで口に入れるリョウマ。

大豆は指で押し潰せるくらいの、丁度いい柔らかさだった。

水を流すと真っ白い蒸気が上がる。

「これを少し冷水で覚ました後、押しつぶす。手伝ってくれ」

「おうさ」

リョウマは主人と二人で、大豆を押し潰していく。

やや形が残る程度までそれは続けられた。

「さらに塩麹を加えてやるんだ」

「なんだ？　シオコージってのは」

「味噌を作る……まぁ元みたいなもんさ。さらさらさらっとな。そうしてもう一回混ぜ合わせたら、団子にして木桶に入れていくんだ」

「おいおい、汚ぇ容器だな。もっと綺麗なのを使えよ」

「いや、使い込んだ方が旨味が出るのさ」

リョウマは構わず団子にしたものを木桶に放り込んでいく。

そして一杯になった木桶の上に和紙を挟み、蓋をしては重石を乗せた。

「これで半年ほど置いときゃ、味噌の完成だ」

「へぇ、気の長い話だな。そんなもんが食えるのか？」

「あぁ、出来たら食わせてやるよ。美味ぇぞ」

「ほう……」

主人はリョウマの顔を見て、ニヤニヤしていた。

「……何だよ、気味の悪ぃ」

「いやぁ、半年以上もいてくれるんだなと思ってよ。気に入ってくれたようでうれしいぜ」

「はン、どうかね。もっと条件のいい場所を見つけたら、さっさとおさらばするつもりかもしれないぜ？」

「その割には満更でもなさそうだがな」

「……言ってろ」

リョウマはそう言うと、桶を部屋に運び入れるのだった。


「ふむ」

そう頷いて、リョウマは依頼掲示板をじっくりと見渡していた。

編み笠に縞外套、異国風の出で立ちは変わり者だらけの冒険者ギルドでも相変わらず浮いていた。

だが当の本人であるリョウマはそれを気にする様子もない。

堂々たる仕草で依頼書を順々に読んでいる。

「古城に住むアンデッド退治。銀等級以上三人募集……火の山に巣食う炎竜討伐。金等級以上六人募集……やはり高難度の依頼は必要な階級も高いな」

依頼は基本、国や自治体、個人事業主が出すものだ。

それ故、階級で判断される事が大多数である。

高賃金を得られる依頼を受けるには、地道に冒険者としての階級を上げるしかない。

「はン、望むところってもんだ」

だがリョウマの気分は晴れやかだった。

銅等級冒険者となったリョウマは、ようやく一人で魔物討伐の任務を受けれるようになっていた。

レオンらのような足手まといと二度と絡む事もない。

銅のプレートがリョウマの胸元できらりと光る。

「いよぉ、異国の」

陽気な声に振り返ると、そこにいたのは先日リョウマに絡んできた槍使い。ドレントであった。

「そういうお前は槍使い」

「噂は聞いたぜ。レオンと随分揉めたらしいな」

リョウマは無言を返す。

どうやらレオンとの騒動はギルドでは軽く噂になっていたようだ。

「まぁ向こうが先に手を出してきたなら、仕方ないさ。冒険者ってのはどうしたって実力が全てだ。弱くて務まる仕事じゃねぇ」

「そう言ってくれるとありがたいね。そういやアンタ、あの時姿を見なかったがどこ行ってたんだい?」

「お、俺はだな……えーと、どこでもいいだろ」

ドレントが何故か言葉を濁すのを見て、リョウマは首を傾げた。

狼狽を隠すようにドレントは話題をすり替える。

「そうだ！　この間竜退治に行ってきてよ。こいつは土産だ」

ドレントが取り出した袋からは異臭が漂ってくる。

覗くと中には土のようなものが入っていた。

その臭いに眉を顰めるリョウマを見て、ドレントはニヤリと笑う。

「竜糞だ。お前、銅に上がったんだろ？　餞別ってやつさ」

竜糞というものは文字通り竜の排泄物で、先輩冒険者が後輩冒険者に渡す事が多い。

――俺は竜をも狩って見せたぞ。お前も早くこのレベルまで上がってこい――という挑発の意味が込められている。

加えて薬品の材料としても使われ、売るとそれなりの値段になるのだ。

それも含めての餞別品なのである。

無論、異国出身のリョウマにとってそんなことは知る由もなかったが。

それ故、突然の贈り物にキョトンとするのみである。

ドレントも全く気にしていないようで、渡すだけ渡して満足したのかリョウマに手を振り去っていく。

「じゃあ俺は行くぜ。お前もせいぜい頑張んな。はっはっは」

去って行くドレントの胸元で、黒銀のプレートが光る。

以前リョウマが会った時は銀等級……どうやら階級が上がったようだった。

負けてはいられないな、とリョウマは思った。

「それはさておき、いいものを貰ったな」

先刻貰った竜糞をずた袋にしまい込み、街中をぶらぶらと歩くリョウマ。

リョウマの故郷では竜糞は堆肥として使われる。

あまり量が取れないので高級な果実などにしか使われないが、その効果は抜群だ。

枯れかけた木もたちどころに復活するし、通常では数個しか実らぬ果実だってたわわに実る。

「これを使えば、洞窟で手に入れた成長の木を育てられるかもしれねぇ」

手にした成長の実を、リョウマは手のひらでざらりと握った。

リョウマは実家で木の栽培をしたことがあった。

庭に植えた柿や林檎など、果樹の手入れはリョウマの仕事の一つであった。

「さぁてと、植えるにしても場所が欲しいところだな」

十分に広く、土壌の良い場所……根無し草のリョウマには当然それは持ちえない。

どこかの畑を買うか借りるかするのが一番手っ取り早そうだとリョウマは思った。

「そういや街の外れに畑があったはずだったな。行ってみるか」

ベルトヘルンの街中心部から離れていくと、辺りには畑が点在していた。

畑の近くには民家があり、それで生活しているようだった。

畑も手入れされているものが殆どで、放置されているようなものは見当たらなかった。

「はてさて、どうやって土地を手に入れたもんかねぇ……どうせ異国人の俺にゃ渋るんだろうからなぁ」

出来るだけ手に入れやすそうな、所有者が持て余していそうな畑があれば……そう思いながらうろつくこと半刻（約一時間）、諦めかけたその時、ある土地がリョウマの目に留まった。

「やれやれ、どっこいしょ」

鍬を担いだ老人が腰を下ろす。

見渡すかぎりの荒れ果てた畑を見て、老人は大きなため息を吐いた。

「はぁ、跡を継がせようとした息子は冒険者になると家を飛び出すし、女房はそれからすぐに死んでしまうし……」

独り言を言いながら、老人は再度重いため息を吐いた。

その顔は疲れ切っていた。

「あのバカ息子め……ろくでなしの冒険者なんぞになりおって！　こんなでっかい畑を一人では管理し切れんわい。そろそろここも終わらせ時かのう」

腰をトントンと叩きながら、老人は立ち上がる。

リョウマは老人に近づくと、編み笠を取って声をかけた。

「もし、ご老人」

「んあ？　なんじゃい」

「俺は冒険者のリョウマという。少し話をしたいんだがいいだろうか？」

リョウマの顔を見上げた老人の表情がみるみる険しくなる。

「あーん？　冒険者じゃあ!?　ワシゃ冒険者が嫌いなんじゃ！　話すことなど無ぃ！　すぐに出て行け！」

息子に冒険者になられた老人は、以来冒険者を毛嫌いしていた。

冒険者の多い街から外れたこの地に住んでいたのもその為である。

もちろんリョウマがそれを知るはずもない。

「まぁまぁ落ち着いてくれよ」

「これが落ち着いていられるか！　いね！　いんでしまえ！」

鍬を振り回す老人をリョウマは宥める。

老人というのは面倒なものだが、この老人は殊更だ。

特にこういった孤独な老人は。

孤独というのは人を歪める。

リョウマの故郷でも、村外れに独りで住んでいる老人がいたが、子供相手でも本気で殴りかかる様な危険人物だった。

その老人とどこか似ているようで、とても話が通じる相手ではなさそうだった。

「出て行け！　このっ！　このっ！」

とはいえそれに同情する気はなかった。

老人のこの状況は、本人の性格が招いた事態。なるべくしてなったのだ。

リョウマに当たるのは筋違いだし、それを優しく受け止めてやる義理もない。

すなわち受け止めるなら力づくで、である。

振り下ろされる鍬を掴むと、強く握りしめる。

「一寸、静かにしやがれよ」

みしり、と持ち手の軋む音。

リョウマの胆力に押されたのか、やっと老人の動きは止まった。

「……っ！」

そんな老人にリョウマは微笑む。

冷淡な声との落差が老人を一層怯えさせた。

「話を聞いてくれるかい？」

「な、なんでぇ！　金ならねぇぞこんちくしょう！」

「そりゃ都合がいいってもんだ」

にやりと笑うリョウマを、老人は不思議そうに見上げる。

たっぷり勿体ぶってリョウマは続ける。

「実はこの土地を少し、売ってもらいてぇんだ」

「ぬ……？」

先刻の態度から一転、老人はリョウマに興味を示した。

その言葉に老人は思案する。

農作業というのは大変な上に割りに合わない。

管理していないとすぐダメになるし、人手も必要だ。

老人一人ではとてもではないが回し切れない。

季節によって作物の出来高も違うし、売人には安く買い叩かれてしまう。

割に合わないので土地を買う者もおらず、放っておいたら畑が荒れるだけなので、結局作り続けるしかないのである。

リョウマは故郷でも同じで、老人だけになり二束三文で畑を売り払った農家を幾つも知っていた。

そこまで理解していての、提案だった。

「買い叩こうってわけじゃねぇ。俺は冒険者だが副業で作物を植えようと思ってな。それに全部じゃなくていい。一反……大体畑の半分だな。それをこいつでどうだい？」

ずだ袋からリョウマが取り出したのは、普通の相場価格であった。

老人としては管理し切れない土地。リョウマの提案する額は十分に魅力的な値段だった。

だが老人はそれを見て、表情を曇らせた。

「ふむ、少し安いのう」

そして首を横に振る。

気に入らぬ冒険者のいう事に、素直に頷くのが嫌だったのだ。

老人はニヤリと笑うと、指を二本立てた。

「その二割増しだ。それなら売ってもいい」

「……」

リョウマは老人の提案に少し考え込む。

あまりにも絶妙な額。

突っぱねるには面倒で、そのまま受け入れるには首を捻るような。

率直に言ってケチだ、と思った。

だが、逆に言うとこの老人の底が見えた事だ。

金に汚く、ケチで、計算高い。なればこの程度、ごねられる前に出しておいた方が無難である。

それにこれ以上他の農家を探すのも面倒だ。

リョウマは先刻の金に、二割を加えた代金を老人に渡した。

「……わかったよ。それでいい」

「へへへ、いい買い物したのう」

交渉成立。

リョウマは無事畑を手に入れたのである。

早速リョウマは畑に杭を打ち、自分の土地だと印をした。

「しかし結構荒れてるな」

近くで畑を見ると、草はぼうぼう石はごろごろの荒れ放題だった。

まず手入れに時間がかかりそうだとリョウマは思った。

「ふぉふぉ、金は返さんぞ」

「いらねぇよ。まぁまずは畑作りからかねぇ。今日はもう遅い。明日からにするか」

リョウマはそう呟くと、畑を後にするのだった。

「……ワシゃあ夢でも見てるのか？」

リョウマに畑を売って翌日、目を覚ました老人が見たのは見事に耕された畑であった。

石も草も除去され、リョウマの買った土地は見違えるほどだった。隣の老人のと比べると、その差は歴然。

目をこするが間違いはない。畑を耕していたリョウマが呆然とする老人に気付く。

「おう、早いねぇご老人」

「おいおい、もう畑を作っちまったのかい⁉」

「冒険者ってぇのは体力仕事だ。このくらいわけはねぇよ」

着物を脱いでもろ肌を晒したリョウマの肉体は、細身ではあるがしっかり鍛えられていた。

これならもう少し高く売れればよかった、と老人は後悔した。

だが冒険者となった息子が帰ってくればこれだけの速さで耕せるのだと気づく。

息子が帰ってきて、この速度で耕せるなら……もう三倍、いや五倍は賄えそうだ。

となればリョウマに売ったのは失策だったかもしれない……と違う意味で舌打ちをした。

取らぬ狸の何とやら……皮算用する老人を気にするそぶりもなく、リョウマは作業を再開した。

まずは竜糞を入れた袋も持ってくる。

既に乾燥しており、ニオイは殆どなかった。

「何だい？　そりゃ」

「肥料だよ」

「ひりょう？」

老人は聞き覚えのない言葉に、首を傾げた。

実は肥料というのは大陸では殆ど知られていない。

農耕民族であるリョウマの故郷と違い大陸は狩猟民族が中心だ。

畑というものが始まった事すらようやく数十年前の話である。

「まぁ大したもんじゃねぇさ」

リョウマは面倒なので老人に説明をしなかった。

竜糞を土とかき混ぜ、土を作っていく。

しばらくすると土はいい感じに粘り気を持ち、綺麗な黒色になってきた。

「そして次に種を蒔く」

リョウマが取り出したのは成長の実。

その中でも種蒔きに適したものを集めて残していた。

「なんじゃそりゃ？」

老人は成長の実が何なのか、見当もつかぬようだ。

当然である。成長の実はかなりのレアアイテム。

銀等級以下の冒険者なら、ろくに見た事のないような代物だ。

一般人である老人が知りうるはずもない。

「ちょっとした実を付ける、木の種さね」

やはり説明をせず、リョウマは種蒔きを始める。

等間隔で小さく穴を掘り、その中に埋めていく。

軽く土を盛り、川で汲んできていた水をかけた。

ひとしきり作業を終えて、リョウマはふぅと息を吐いた。

あとは放っておけば芽を出すはずだ。

「じゃあまた来るぜ」

「ふん、好きにするといい。じゃが手は貸さんぞい」

「俺の方も期待はしてないさ」

「……可愛くない奴じゃ」


老人は去りゆくリョウマの背中に、冒険者になると去っていく息子の姿を重ねていた。

リョウマは畑を後にして、街の中へと戻る。

行き先は依頼を受けた先、地下水路だ。

この街には網目のように水路が走っており、街の人はいつでも水を使えるわけだが、最近そこにマッドリザードが住み着いたのだ。

マッドリザードは中型の大トカゲのような魔物で、水辺に多く生息するのだがどこからか下水に潜り込んだらしい。

それを狩り、証拠に舌を獲ってきて欲しい、というのが今回の依頼だ。

地下水路に辿り着いたリョウマは、早速中へと足を踏み入れる。

中は巨大な迷路のようで、通路の下には水が通っている。

真っ暗で、水滴の滴る音が不気味に響く。

松明に火をつけ、注意深く進んでいく。

足元を這うドブネズミや飛来する蝙蝠を横目に見ながら進むことしばし、リョウマの前に大きな気配が生まれた。

「シュルルルル……」

通路の奥から出てきたのは巨大なトカゲ——マッドリザードである。

威嚇音を上げながらもリョウマを獲物と見定めたのか、ゆっくりと近づいてきた。

リョウマは松明を壁に出来たひびに差し入れ、両手を空ける。

「シャアアアアアアアアアアッ！」

奇声を上げ飛び掛かってくるマッドリザードと相対しつつも、リョウマは冷静だった。

マッドリザードの動きは緩慢で、リョウマにとっては止まっているのと大差ない。

鋭い爪でのひっかきを軽く躱しつつ、腰の刀に手を添える。

「そういえばまだ、こいつを試していなかったな」

リョウマは数日前の事を思い出していた。

レオンを斬った後、受付嬢と別れたリョウマはレオンの武器を回収、合成したのだ。

その武器には風の魔術が付与されており、振るうと風の刃を発現することが出来た。

リョウマがつけた名は、つむじ風。

その切れ味を試すべく、精神を集中させ、凩を握る。

「――ふっ！」

小さく息を吐き、マッドリザードへと凩を抜き放つ。

斬撃の後を追うようにして生まれたのは、風の刃。

高速で放たれたそれはまっすぐ進み、マッドリザードを真っ二つに切り裂いた後、石壁に浅い傷を生んだ。

魔物を貫いてなお、この威力。

リョウマは感嘆の口笛を吹いた。

「ふむ、貫通力のある遠距離斬撃ってわけか」

若干のタメは必要とするものの、速度、射程ともに優秀な技だと思われた。

何より面白い。初めて振るう技はリョウマにとって魅力にあふれていた。

もっと試したい、そう思ったリョウマはマッドリザード狩りに戻る。

「シャアアア!!」

「おっと、へへ」

水の中から現れたマッドリザードの吐きかけてきた泥水を躱し、刀を抜く。

一閃、「つむじ風」が水面を走りマッドリザードの首を刎ね飛ばした。

水面が赤く染まり、痙攣する手足が水の中に沈んでいく。

「いやぁ、便利なもんだね。遠くから敵を倒せるってぇのは。しかも刃こぼれもしないし、血で汚れない。いたれり尽くせりってやつじゃあねぇか」

いつもなら数体倒したらジュエ郎に掃除してもらわなければならないのだが、これなら手入れいらずだ。

「ぴーぎー……」

「安心しな。おめぇさんには洗い物の仕事があるからよ」

「ぴー!」

不安げに青縞外套の中から顔を覗かせるジュエ郎を、リョウマは撫でた。

美しく輝く刃を満足げに眺めた後、リョウマは凩を鞘に収める。

——実際の「つむじ風」は通常斬撃に比べると威力はかなり落ち、離れれば離れる程それは顕著だ。

硬い鱗を持つマッドリザードを一撃で倒すには相当の力が必要だし、遠くの相手に命中させるのも慣れが必要。

初めて「つむじ風」を使う者であれば、その難易度の高さにすぐ使えない技の烙印を押すだろう。

実際レオンがそうだった。

風の刃の使いにくさに、すぐに封印して二度と使うことはなかったのだ。

高い身体能力を持つのリョウマだからこそ、これだけの性能を発揮しているのだ。

だが数体目、倒したマッドリザードが水に沈むのを見てリョウマは気づく。

「……水に落ちたアイテムが拾えないってのが唯一の欠点か」

マッドリザードの落とす舌を五〇個手に入れるというのが今回の依頼だ。

水に落ちたのは拾えないから、面倒でも陸地に誘導して倒さねばならない。

必要数あと四二個。

地道に行くかと呟き、狩りに戻るのだった。


翌朝、畑に水やりにきたリョウマは土の中に緑が混じっていることに気付く。

ぴょこんと広がりかけの双葉が顔をのぞかせていたのだ。

やはりリョウマのもくろみ通り、ここは土がいい。

水場が遠いのが欠点だが、それを補って有り余る土壌の良さ。

この分なら収穫まで行けそうだった。

天気は快晴。日の光を浴びた葉は、しっかり大地から養分を吸い取っている。

軽く追肥の竜糞を撒き、水をたっぷり撒いておく。

一仕事終えたリョウマは早速地下水路へと赴く。

ほどなくして水の中から現れたマッドリザードと対峙し、腰の刀に手をやるリョウマ。

つむじ風を放とうとして、思いとどまった。

「ここで倒してもまた水の中にアイテムが落ちちまうな」

「シャアアアアアアア‼」

マッドリザードの吐き出す泥弾を躱しながら、リョウマは相手の射程外へと移動する。

泥弾が届かなくなり、やむなく水際まで上がってきたのを見計らい、一閃。

リョウマの振るった風の刃がマッドリザードの上半分を切り裂いた。

改めて舌を切り取ると、袋に仕舞った。

「むぅ、面倒だな」

言葉の通りマッドリザードは、遠距離攻撃と水の中からのコンボが非常にうっとおしい敵である。

依頼書には銅等級一人以上と書かれてはいたが、水の中のマッドリザードの強さは銅等級以上三人は欲しいところだ。

リョウマはそれを知らない。

苦戦も当然なのである。

「効率わりぃが、仕方ねぇ」

本来なら魔導師か弓使いがいれば楽なのだが、あの手の職業(やから)にはもはや悪いイメージしかなかった。

それに仲間を連れるのはやはり趣味じゃないとリョウマは痛感していた。

少々効率が悪くとも、一人旅の方が性に合っていると。

似たような事を繰り返した数日後、目標であるマッドリザードの舌は五十個まで残り一つとなっていた。

銅等級の任務程度、と侮ってはいたが実際は大変だとリョウマは思った。

「シュルル……」

暗闇の中から聞こえる威嚇音、こいつが最後だとリョウマは気を引き締め直し、松明をかざす。

炎に照らされ石床の上に立っていたのは、確かにマッドリザードだった。

だが明らかにやせ細り、衰弱し切っている。

見れば足を引きずっている。ケガをしているようだ。

傷跡から見て仲間のマッドリザードにやられたのだろう。

「……まぁ俺には関係のねぇこった」

自分に言い聞かせるようにリョウマは呟くと、凩を握りしめる。

上段に構え、つむじ風を放つべく力を込めた。

いつでも、撃てる。

「シュー……シュー……」

赤い舌をチロチロと出しながら、マッドリザードはリョウマを怯えた目で見ていた。

逃げようとすらしない。その力も残っていないのだろう。

その目は潤み、涙を流しているように見えた。

しばらくにらみ合うマッドリザードとリョウマ。

それはリョウマの深いため息で終わった。

「――はぁ」

リョウマは凩から手を離し、鞘に収めた。

マッドリザードはぱちくりと目を丸くした。

「ぴーぎー？」

「いいんだよジュエ郎」

リョウマはそう言うと、青縞外套から顔を出したジュエ郎の頭を撫でる。

ジュエ郎もそうだが、どうもリョウマは魔物に対して情が湧いてしまっていた。

襲いくる魔物なら思い切り殺れるのだが、我ながら軟弱だとため息を漏らす。

「さて、飯にするかい」

「ぴーっ！」

ジュエ郎は嬉しそうに声を上げると、編み笠と肩の上を交互にぴょんぴょん飛び跳ねた。

リョウマは腰を下ろすと、ずだ袋から笹の葉でくるまれた弁当を取り出した。

それを解くと大きなおむすびが三つ、姿を見せる。

横には付け合わせのおしんこが三切れ置かれていた。

「ぴっぴっぴー♪」

高揚するジュエ郎を横目に、マッドリザードもおむすびに釘付けになっていた。

リョウマはそれを自分と、ジュエ郎と、そしてマッドリザードの前に置いた。

「いただきます」

「ぴー！」

リョウマは手を合わせると、おむすびを口に放り込んだ。

ジュエ郎も丸のみにして味わうように身体の中で溶かしていく。

その様子をマッドリザードはじっと見つめていた。

「シュー……？」

戸惑うような鳴き声を上げるマッドリザードに、リョウマは声をかける。

「おら、早く食わねぇと俺が食っちまうぞ」

それでも戸惑っているマッドリザードに、ジュエ郎が語りかける。

「ぴ、ぴ、ぴーぴー」

「シュルル」

違う種同士でも会話は成り立つのだろうか。

リョウマの言葉を理解しているものもいたようだし、魔物というのは不思議な存在だとリョウマは思った。

「シュー……？」

「ちっ、遠慮なんかするんじゃねぇよ」

遠慮がちにリョウマを見上げるマッドリザードに、リョウマはぶっきらぼうに言い放つ。

びくびくしながら舌でおむすびを舐めるマッドリザード。その表情がぱっと輝く。

よほど気に入ったのか、すぐに夢中で食べ始めた。

「やれやれ、よっぽど腹が減ってたのかねぇ」

仲良く食べる二匹の魔物を見て、リョウマは満足げな顔で微笑むのだった。

食事を終えたリョウマが立ち去ろうとしていると、マッドリザードが身体を摺り寄せてきた。

「シュー♪」

そして連れて行って欲しそうにリョウマを見上げる。

だがリョウマは首を横に振る。

「駄目だ。おめぇさんは連れてけねぇよ」

マッドリザードはそれなりに巨体である。

いかにリョウマとて、こんなものを連れ歩くわけにはいかない。

悲しそうな顔で、マッドリザードは鳴いた。

「シュー……」

「悪りぃな」

元来た道を戻るリョウマの後を、ひょこひょことマッドリザードが付いてくる。

リョウマはそれに気づきながらも、振り返る事はない。

次第に足音は消えていく。

身体を痛めていたマッドリザードは、ついてこれなくなったのだろう。

まだついて来ているのかいないのか、気にはなったがリョウマは考えないようにしていた。

編み笠を被り直し、入り口付近まで来たリョウマの耳に聞こえる、ひたひたという音。

横道から出てきたのは、元気いっぱいのマッドリザードだった。

「シャアアアアア!!」

飛びかかってきたマッドリザードを見て、リョウマは歪んだ笑みを浮かべる。

「……あぁ、そういうのでいいんだよ。そういうので」

リョウマの言葉と斬撃はほとんど重なっていた。

真っ二つになったマッドリザードから、切れた舌が落ちる。

ずしゃあと滑り落ちたマッドリザードの半身は、水の中に沈んでいった。

「ふん、魔物ならこんな風に敵意を持って襲ってきやがれってんだ」

「ぴー……」

複雑そうに鳴く、ジュエ郎。

ともあれめでたく、リョウマは最後のマッドリザードの舌を手に入れたのであった。

水路の帰り、リョウマは畑に寄ることにした。

畑に辿り着いたリョウマが見たのは——子供の背丈ほどに伸びた木であった。

「こ、こりゃあ一体……？」

驚くリョウマに老人が声をかける。

「おう若いの、来よったか」

「いつの間にこんなに伸びたんだい？」

「さぁのう。今朝起きたらこんなに伸びておったわい……お前さん、なんかしよったのか？」

「いやぁ大したことはしてねぇさ。ダンジョンで拾った実を撒いてみたんだが、俺も驚いてるよ」

リョウマが驚いていたのは本当である。

竜糞は栄養を多く含み、作物がすごい速度で成長するものだが……ドレントから貰ったのは特別な竜の糞なのかもしれないとリョウマは考えた。

事実、異国の竜種は主食が霞（大陸で言うところの魔力的なもの）とされているが、大陸の竜種は肉がメインの雑食である。

その栄養価は何十倍……水と日光さえあれば、とてつもない速度で植物は成長する。

大陸では竜の住む場所は土地が栄えると言われるが、ひとえに竜糞の存在が大きいと言われている。

（このペースで育つなら、もっと竜糞を集めないといけねぇか）

そんなことを考えながら、リョウマはふむと頷いた。

見ればもう土の色は白く変わっている。周囲の栄養を吸い尽くしたのだろう。

植物というものは栄養、水、日光をバランスよく大量に吸収する。

またすぐにでも竜糞を与えねばならない……のだが、リョウマの貰った竜糞は残り少ない。

(ドレントがまだ竜糞を持っているかもしれねぇな)

丁度日が沈みかけていた。

依頼報告のついでにギルドへ顔を出してみるか。

リョウマは今度はギルドへ足を向けるのだった。

「邪魔をするぜ」

がたん、きぃ、がらがらと、建てつけ扉の音が鳴る。

入ってきたリョウマに一瞬、視線が集まるがすぐに皆各々の方を向いた。

夜の冒険者ギルドでは、一仕事終えた冒険者たちが宴を始めていた。

「おう！　異国の！　珍しいじゃねぇか！」

「いよう槍使い」

上機嫌で声をかけるドレントに、リョウマはそう返す。

ドレントはすでに出来上がっており、顔は真っ赤だった。

木樽ジョッキに注いだ酒をぐびぐびと飲み干すと、リョウマに酒臭い息を吐きかけた。

「へへへ、どうだ。一緒に飲むかァ？」

「遠慮しとくよ。それより以前貰った竜糞がまた欲しいんだが」

「ぎゃっはっは！　お前竜糞が欲しいのか！　変わってるなぁ！　おーおー、そんなもんいくらでもくれてやるぜ！　折角拾ってきたのにおめぇ以外誰も受け取らなくてよぉ。全部もってけ！　おらよっ！」

ドレントはそう言うと、魔道具(マジックバッグ)から取り出した竜糞を周りにばらまいた。

これは空間魔術を編み込んだ道具入れで、ある程度の大きさまで様々なアイテムを入れることが出来るのだ。

隔離空間におかれており、その間は時間すらも止めるという結構なレアアイテムである。

取り出された竜糞はまだ乾燥もしておらず、途端辺りに強烈な悪臭が漂い始める。

「うわくっせぇ！　ドレント何こんなところで糞だしてんだ！」

「死ね！　この馬鹿！」

「んだとぉてめーら！　やるならやるぜコラァ！」

飛び交う怒号、罵声に逆切れしたドレントが突っかかり、取っ組み合いの喧嘩が始まった。

アホだ、とリョウマは彼らを呆れ顔で眺めながら、ばらまかれた竜糞を拾っていく。

あらかた拾い終わり、リョウマはもみ合うドレントに礼を言う。

「有難う槍使ぃ。助かった」

「おうよ！　また取ってきてやるぜぇ！　ぎゃっはっは！」

喧嘩の最中にも拘らず快活な笑顔を返すドレント。

だがその言葉に周りの男たちはさらに激昂する。

「あんなもん二度と取ってくるんじゃねぇ！　このクソ馬鹿！」

「あーん⁉　誰だクソ馬鹿とか言った奴ぁ！　表でろやぁ！」

……そしてまた、喧嘩は再開された。

付き合っていられないとリョウマは受付嬢の元へ行く。

「いらっしゃい。リョウマ」

「おう、みゅら……だっけか？」

「ここでは受付嬢とお呼びください。くだらない誤解を受けたくはないでしょう」

「別に構わんが……」

自分で名乗っておいて呼ぶなとはよくわからん、とリョウマは思った。

ここ以外で受付嬢と話すことなどリョウマにはなかった。

「で、ご用件はなんでしょう」

「水路のマッドリザード退治が終わったんでな。報告に来た」

「もう……！　思ったより早いですね」

受付嬢はこの依頼、もっと時間がかかると思っていた。

本来は銅等級三人は必要な依頼、それを一人でこの短期間でこなしてしまうとは。

それに受付嬢の見立てでは、成長速度が妙に早い。

……もう一度能力測定（ステータスチェック）をした方がいいかもしれないと、受付嬢は思った。

「どうした受付嬢。これで依頼完了、だよな？」

「……えぇ、すみませんでした。こちらが報酬金です」

リョウマに声をかけられ我に返った受付嬢は、それを悟られぬよう素早く報奨金を用意する。

能力測定（ステータスチェック）をしたいのは山々だが、あれはそう頻繁に行えるものではない。

使う道具も結構高価なのだ。

次回の定期審査を待つしかないのが悔やまれた。

赤銅、下手したら銀等級相当の能力まで上がっているのかも。

自分はとんでもない冒険者を担当しているのかもしれない、と受付嬢は思った。

そんなことはつゆ知らず、リョウマは報奨金を受け取りずだ袋の中にしまい込む。

「どうも」

「……お疲れ様でした」

深々と頭を下げる受付嬢に別れを告げ、リョウマは冒険者ギルドを後にする。

「おい、もう帰るのかよ！　一杯くらい付き合えよ」

「わりぃがやることがあるんでね。遠慮しとくぜ」

「ケッ付き合いの悪い奴だぜ」

なお、ドレントは喧嘩の真っ最中であった。

彼のどこに飲み食いする余裕があるのだろうか。

いや、あるまい。

冒険者ギルドを後にしたリョウマは、また畑へと戻った。

成長の木は昼も夜も絶えず周りの栄養を吸い続け、成長している。

たった一日、世話を忘れていた日があったが次の日には葉がしおれ、樹皮は白くなっていた。

竜糞により過剰な栄養を摂取するようになった成長の木は、絶えず栄養を与えていかねばすぐに枯れてしまう……そうなってしまったのだろう。

ドレントから貰った竜糞を両手に、畑へと走る。

「ふぅ、もう樹皮がかさついているな。早く肥料をやらねぇと」

竜糞をどさどさと木の周りにかぶせ、川で汲んできた水をかける。

たっぷりの栄養を補給し始め、木はさらに成長を始める。

目に見える速度で枝を伸ばし、葉を広げ、土の中で根を伸ばしていた。

めきめきと、根や枝の成長する音が聞こえて来る。

「こりゃとんでもねぇ速さだな……また朝も来ないと」

下手したらもう数日で収穫がいけるかもしれない。

ここまで来たらしばらく冒険者家業はお休みして、こっちに専念した方がいいか。

そんなことを考えながらリョウマは帰途に就くのだった。

――朝、起きてすぐに水をやりにいく。

昼、竜糞を撒き、乾きかけた土に最低限の水を。根の付近にかけると日光で熱せられ煮えてしまう。

夜、しっかりたっぷり水をやる。日中乾いた分、土がドロドロになるまでだ。

それを毎日、何日も続けた。

日々の生活は木の世話が中心であった。

「……ん？」

ある朝、畑に来たリョウマは妙な事に気付く。

畑の雑草が全部抜けているのだ。それどころか水まで撒かれている。

夕方に一度撒いておいたが、この感触だと深夜だろうか。

よく見れば獣の足跡もあるようだ。

「雑草をほじくり返しているのか？　水は小便？　……獣が住み着いたのかねぇ」

根や何やらに噛みついたような跡はなし。

作物を荒らすついでに雑草が抜けたのだろうとリョウマは考えた。

「とはいえ念のため、網をしておくか」

雑貨屋で買っておいた金属網を木にかけておく。

鳥除けのつもりだったが、兼用で獣にも効果があるやつを買ってよかった。

だがそれから数日経っても、獣は立ち去らなかった。

雑草を抜き、木に水をやっているだけだから問題はないのだが。

（……よくわからん）

不気味ではあるが、悪い事をしているわけではない。

リョウマは疑問を棚上げし、木の世話に専念した。


そして更に数日後、成長の木はついに実を付け始めたのである。

「……とりあえず、ここまでくれば安心だな」

ここまでくればあと一息。

実を付け終えれば世話も終わり。

また時期が来るまで休ませておけばいい。

「ふぅ、だが流石に疲れたな」

数日間、ほぼつきっきりだった事もあり、リョウマはかなり憔悴していた。

元々農作業はあまり好きではなかったし、気分転換で始めたのに大事になってしまった。

だが苦労の甲斐あって、木はいくつかの実をつけている。

これをちゃんと熟したタイミングで収穫すれば……思わずリョウマの口元が緩んだ。

❖

リョウマが畑から立ち去るのを見送りながら、老人は鍬を持ち畑を耕していた。

行き届いたリョウマの畑を見ると、専門である自分が負けるわけにはいかないと奮い立ったのだ。

痛む身体に鞭を打ち、地面に鍬を打ちつける。

だが長くは続かない。老骨を呪いながら、冒険者となった息子を仰ぎ見ては早く帰ってこんかと毒づく。

びっしょりの汗をぬぐい、鍬を杖に一息ついていると畑の隅に男がいるのに気づいた。

「なんじゃいお前さんは」

「あぁこれは失礼。私こういうものです」

差し出した名刺を受け取る老人。

書かれていたのはここいらでは一番大きな商人の名だった。

こんな大人物が自分などに何の用だろうか？　そう首を傾げる老人に、男は続ける。

「実は老人、この土地を売ってもらいたいのですが……この額で如何でしょうか？」

男が差し出した紙には、リョウマに売った金額の百倍の値段が書かれていた。

「んなッッ!?」

それを見て飛び上がる老人。

都市ですらあり得ぬ高額。

すぐにでも売り払いたかった老人だが、目の端に映るのは既に実を付け始めたリョウマの木。

あれさえなければリョウマに金を返し、なかったことにするのだが……いかに強欲な老人とはいえ、人のものを勝手に売ることは出来ない。

苦渋に満ちた表情で、老人はもごもごと口を動かす。

「いやぁ、実はこの畑、先日他の者に売ったばかりでしてねぇ。本当に残念なのだが」

「そこを何とか、どうにかなりませんか？」

「恐らくもう少しすりゃああの木は実をつけちまいます。それが終わればまぁ……」

「それでは遅い！」

いきなり口調を強める男に、老人は驚いた。

「あ、あぁ失礼。隠していたようで申し訳ないのですが、実は本当に欲しいのはあの木なのです。あれは特殊な木でね。非常に高価で栽培の難易度が高い事もあり、あそこまで育った事例があまりないのですよ。是非ともどうか！」

「ふむ……」

確かに、この道何十年の老人ですら見た事のない木である。

下手をすると男の提示した金額よりも、もっと価値がありそうだ。

それに一本だけでこの値段。

種を手に入れ、大量に育てて売れば……あの若造に出来て自分に出来ぬはずはない。

そうすればもっと、もっと、大量の金を生んでくれるだろう。

老人の妄想は止まらない。思わずほくそ笑む老人を見て、男は不審に思った。

「……？　ご老人？」

「あぁいや、すまんすまん。じゃがあれはやはり売れんのう。大人しく帰るんじゃの」

「……わかりました」

渋々去っていく男など眼中に入っていないように、老人は成長の木をじっと見ていた。

その目は完全に金欲に染まっていた。


——その夜、老人は固いベッドから身を起こし畑へ行く。

リョウマの育てた成長の木から実を盗む為である。

キョロキョロと辺りを見渡し、誰もいないのを確認し、リョウマの畑へと足を踏み入れる。

木は獣除けの網に囲われているが、人間相手には大した役には立たない。

網はあっさりとかいくぐられ、老人の侵入を許してしまった。

老人はニヤニヤ笑いながら、木に近づいていく。

「ひひひ、そんなに価値のある実とはのう」

老人は枝を引き寄せ、木の実を一つちぎり取ってじっと見る。

深く澄んだ青色の実は、宝石のようだ。

「これを育てればワシも……ぐふふふふ」

老人は口角を歪め、不気味な笑みを浮かべていた。

ふと、一つでは何かあった時の為に不安だと考えた老人はもう一つ実に手をかける。

「念の為、もう幾つか貰っておくかい」

全部取られてはバレてしまうだろうが、二、三個なら気づかれはしないだろう。

そう思った老人がもう一本の実に手を伸ばした瞬間である。

土が盛り上がり、中からギョロリと二つの光が輝いた。

「な……っ!?」

直後、老人に襲いかかる謎の影。

大きく口を開けたそれから、長く伸びる触手のようなものが伸びる。

「シャー……！」

「ぎゃあっ!?　な、なんじゃこいつは!?　離せ！」

全身を絡みとられ、老人は身動きが取れなくなってしまった。

影は土の中から抜け出すと、ゆっくり近づいてくる。

「シュー……ルルルル……」

月明りの下、姿を見せたのは魔物――マッドリザードである。

老人はその長い舌で捕らえられていたのだ。

懸命に暴れるが非力な老人の力ではビクともしない。

次第に対抗する力も弱くなり、老人が気を失おうとしていた。

「いやぁ、まさかお前さんだったとはね」

そこへ現れたのはリョウマである。

畑の世話をしていた何者かを突き止めようと張っていたリョウマだったが、まさかこんなところに出くわすとは思わなかった。

見覚えのある傷だらけのマッドリザードは、あの時助けた個体で間違いなかった。

「シュルル……」

「はは、恩返しに来たってか？　ありがとな」

「シュー！」

元気よく鳴いた拍子に舌が締まり、老人の身体が軋み音を上げた。

「ぎぇぇぇぇぇぇえええっ！　お、下ろしてくれぇぇぇぇ！」

「あーあー、大変そうだねぇ。じいさん」

「たのむ！　助けてくれ！　何でもする！」

「ジジイに何でもするとか言われてもね……」

リョウマの視線の先は老人の手に握られた、成長の実である。

見咎められ、焦った老人は必死に弁明を始めた。

「ち、違うんじゃ！　これは……」

「何が違うんでぇ？　この盗人が」

だが、返ってきたのは恐ろしく低い声。

リョウマの口調は、初めて会った時の者と同じだった。

老人はリョウマの恐ろしさをようやく思い出した。

冷や汗を噴き出し、ごくりと生唾を飲む。

老人とて長い人生の間、多くのならず者と相対したことはある。

だがそれとは全く違う、人か獣かもわからぬような、異様の気配。

これが、冒険者。

老人は自分のした事の愚かさを激しく後悔した。

「……すまない。本当にすまない……っ！　魔が差したんじゃ……許してくれぇ……！」

「すまないで済んだら殺しは起きねぇよ。どう落とし前をつけてくれるんだい？」

涙を流して謝る老人にも、リョウマが殺意を緩める事はない。

返答を誤れば本当に殺される。

そう理解した老人の股下から液体がとめどなく溢れていた。

「こ、この実は返す！　だから！」

「そいつは当然なだけだなぁ」

「道具も水も、家も、ここにある物なら何を使ってもいい！」

「んー……その程度かい？」

「あぎゃっ!?　あぎっ!?　あがががががっ!?」

リョウマの不満を察したかのように、マッドリザードは老人の身体を締め付けていく。

ミシミシと自身の身体から聞こえる骨の軋む音。

ひときわ大きな音が鳴った時、老人はついに骨が折れたと思った。

実際は関節が鳴っただけなのだが……ともあれ心の方は完全に折れていた。

「で、ではどうすれば……」

「この木の世話が結構手間かかって、面倒なんだよなぁ」

「この木の世話をさせていただきますぅーっ！」

「ほう」

険しかったリョウマの表情が緩む。

それを察したかのようにマッドリザードが舌を緩め老人を地面に落とした。

ようやくまともに呼吸が出来た老人は、生きている事に感謝しながら何度も息を吐いては吸う。

過呼吸でむせながらも、何とか青かった老人の顔に赤みがさした。

「それじゃあこの木の世話、任せようかねぇ。あぁ、分かっているとは思うがまた盗んだりしたら……」

「ゴホッ！　と、当然そんな事はしませせぬ。ゴホッゴホッ」

「いやぁ悪いな、こいつは手間がかかってよぉ。一応やり方は説明するが、絶対に枯らさないようにしてくれよな」

「は、はい……！」

リョウマの言葉に、老人はこくこくと頷く。

ともあれ助かったと安堵する老人。

だが心の奥底ではリョウマに舌を出していた。

（へっ、一旦解放されればあとはこっちのものじゃ！　約束など知った事か！　畑を失うのは痛いが、元々畳もうとは思っていたところじゃし、それにこいつから貰った金がある。ほとぼりが冷めたころに逃げだして、どこかで第二の人生を送るとするかい）

ただでさえ実入りの小さい農作稼業。

他人の為にやるなどまっぴらごめんである。

老人はリョウマとの約束を守るつもりなど、毛頭なかった。

「じゃあ頼むなじいさん。一緒にこの木を育てていってくれよ」

「へ？　い、一緒に……？」

「シャー♪」

老人の隣には先刻自分を捕らえたマッドリザードが座っていた。

リョウマとマッドリザードを交互に見る老人に、リョウマは頷く。

「このじいさんが逃げようとしたら……好きにしていいぞ」

「シャッ！」

「ひいっ!?」

元気のいいマッドリザードの返事に、老人は縮み上がった。

大きく開いた口は老人を軽く丸のみに出来そうだった。

そんな恐ろしい魔物の頭をリョウマは撫でる。

まるで犬と戯れているかのようだった。

「よぉしよし、いい子だ」

「シャー♪」

マッドリザードはそれに応えるように、リョウマに身体を擦り付け尻尾を振っている。

どうやらまた、懐かれてしまったようだ。

魔物ばかりに好かれ複雑な気持ちのリョウマであったが、不思議と嫌な気分はしない。

「そうだ、お前にも名前をつけてやろう。マッドリザードだから、まっどんでどうだ」

「シャ……？」

嬉しそうに振っていた尻尾の動きが、ぴたりと止まった。

そして硬直したままリョウマを悲しそうに見つめている。

「シュー……シュー……」

弱々しい鳴き声を上げるマッドリザード。

その名をお気に召さなかったのは老人でも理解できた。

だがリョウマはそれを気にする風もなく、快活に笑う。

「はは、気に入ったか？　可愛い奴め」

リョウマは上機嫌でまっどんの頭を撫でまわす。

その気持ちには、全く気付いていないようだった。

これはひどい、と老人は思った。

「これからよろしくな。まっどん」

「シュー……」

諦めたような顔のマッドリザードの顔を老人は忘れられそうになかった。


リョウマはそれから依頼の合間を縫っては畑に足を運んだ。

老人に作業を教えるため、加えて自分も手伝うため、そしてまっどんの世話をするため、である。

ある日リョウマが畑仕事に向かう途中、石に腰を下ろして弁当を広げていた。

竹笹で拵えた弁当包みを開くと、中にはおむすびが二つと焼き揚げが二枚入っていた。

「いただきます」

両手を合わせ、食べようとするリョウマの頭上を、何かが通り過ぎた。

「ぴぃーよ！　ぴぃーよ！」

鳥の鳴き声にリョウマは空を見上げる。

抜けるような青空には雲一つなく、眩く光る太陽に照らされ小さな影が空を舞っていた。

目を細めると、大きく翼を広げた鳥がくるくると円を描くように飛んでいた。

「へぇ、鳶みてぇな鳴き声だな」

鳶とはリョウマの故郷にいた鳥で、小型の獲物を鋭い鉤爪にて上空から狙い撃つ中型の猛禽類だ。

ああやって空中で獲物を探し、見つけては上空から急降下して捕らえるのである。

リョウマは故郷でそう言った場面をよく見てきた。

懐かしさを感じていると、鳶に向かって飛んでいく黒い影。

鳶よりも大きな鳥が、群れになって襲いかかる。

「ぴぃーよ！　ぴぃーぴぃーよ！」

「ギャアギャア！」

逃げようとするが、多勢に無勢。

鳶は何度も体当たりを受け、羽毛を散らしていた。

黒と白の羽根が、リョウマの目を横切って落ちた。

その姿が、以前レオンらに寄ってたかって虐げられた自分と重なって見えた。

「……ちっ」

本来なら、見て見ぬ振りをすべきだろう。

それが野生の掟である。

だが、リョウマが手を出すのもある種、自然の流れではあるまいか。否、そうであるに違いない。

リョウマはそう思う事にして、弁当を脇に置いて立ち上がり、腰に差していた凧を抜いた。

下段に構えた凧を、上空めがけ振り上げる。

つむじ風、振り上げた刃は鋭き風となりて、鳥を襲う。

「ギャア!?」

直撃（あたり）はしなかったが、それでも強風を叩きつけられ不気味に思ったのか、鳥どもは翼を羽ばたかせて鳶から離れていった。

それを見送って、リョウマは刀を収める。

しゃりん、と鈴の音が風に流されていった。

「ぴぃーよ！」

鳶の鳴き声が、一際大きく聞こえた。

そしてひょろひょろと、リョウマの元へ降り立った。

ばさりと翼をたたみ直し、鳶はリョウマを見上げ首を傾げる。

見れば鳶は、魔物特有の気配を発していた。

リョウマは驚き目を丸くして言った。

「……へぇお前さん、魔物なのかい」

「ぴょっ！」

その姿、よく見れば見おぼえがあった。

リョウマはずだ袋から、以前購入した一枚の巻物を取り出した。

それには魔物の絵と特性などが描かれていた。

これは魔物図鑑というもので、冒険者たちの間ではそれなりに重宝している。

未知の洞窟などに行く際は、よく読み込んでいくのが冒険者の心得だった。

「えーと確かこの辺に……あった、れっさぁいーぐる……ってやつか」

「ぴぃーよ！」

返事するように短く鳴くレッサーイーグル。

鳶のような鳴き声と生態だったので、リョウマはよく覚えていたのだ。

レッサーイーグルはリョウマの頭、編み笠の上に飛び乗った。

「お、おい!」

「ぴょっ! ぴぃーよ! ぴょっ!」

レッサーイーグルは、ここが自分の居場所だとばかりに鳴いた。

そこから動く気配はなかった。

「……好きにしな」

すっかり慣れたリョウマは、包みを膝に置き食事を再開する。

慌てて置いたからか、おむすびは形が崩れていた。

もちろん味には問題ない。

ほんのりとした塩味と、もちもちした食感を口の中で噛み締める。

「ぴーよ」

レッサーイーグルは、編み笠の上からリョウマの顔を覗き込む。

そしてじっと、くりくりした金色の目でリョウマを見つめる。

「……何だよ、お前さんも腹ァ減ったのか?」

「ぴぴぴぃーーよ!」

レッサーイーグルは大きく翼を開き、そうだと言わんばかりに鳴いた。

「はぁ……仕方ねぇな」

リョウマは箸で焼き揚げを摘むと、黄色い嘴の前に差し出した。

レッサーイーグルはそれをひょいぱくと、咥えて飲み込む。

何度も嘴を動かして、一気に飲み込む。

「ぴぃーよ！」

そして、満足げに一際大きく鳴いた。

レッサーイーグルは、もう一つの焼き揚げをよだれを垂らしじっと見る。

あまりに見つめられ、リョウマは音を上げた。

「……わかったわかった。そんな目で見るなって。ほらよ。これで最後だからな」

「ぴょっ！　ぴょーっ！」

レッサーイーグルは、差し出された焼き揚げを美味そうに啄むのだった。

食事を終えたリョウマは、畑に向かう。

レッサーイーグルは編み笠の上に乗ったままだった。

完全について来るつもりのようだった。

時折辺りを警戒するように、首を上げては鳴いていた。

「ぴぃーよ！」

「ふむ、そうだな。レッサーイーグルってぇのも芸がねぇ。名前を付けてやろう。……鳶助ってぇのはどうだ？」

のだった。


「ぴよっ!? ぴょーっ! ぴよっ!」

「そうかそうか、気に入ったかい」

鳶助、そう名付けられたレッサーイーグルの抗議に気づくはずもなく、リョウマはカラカラと笑う
「ぴょー……」

不満そうに鳴きながらも、鳶助はリョウマの近くを離れることはなかった。

「シャー!」

畑に着くと、リョウマはまっどんに迎えられた。

四足歩行で駆け寄ってくるまっどんに、長い舌で舐められる。

「はは、やめろって。まっどん」

「シャー、シャッ!?」

嬉しそうにリョウマに甘えるまっどんだったが、編み笠の上に乗る鳶助に気づく。

すぐに離れると、警戒するように鳶助を睨み上げた。

「シャアアア……!」

「ぴょろろろ……!」

応じるように、鳶助もまっどんを睨み下ろす。

互いが互いをけん制し合うその様は、竜虎相見えんといった感じであった。

「ふむ、ようやく来おったか」

「おう、じいさん。手伝いに来てやったぜ」

「悪いのう。腰が痛くてな……こっちじゃ」

老人に案内され、リョウマは畑へと向かう。

だが木はどこか元気がなさそうだった。

「……病気か？」

「いんや、ネズミどもに根を齧られているようでの。ほれ」

「む……こいつはひでぇな」

リョウマは屈んで木の根元を見やる。

根は無数の傷が付けられ、元気もないようだった。

「この手の害獣は防ぎきれんのう。まっどんも見張ってくれておるんじゃが、ネズミどもは素早くて対応できんようじゃ」

「シャー……」

リョウマは弱々しく鳴くまっどんの頭を撫でた。

申し訳なさそうな顔で、舌をチロチロと出し入れしていた。

「ぴぴぴぃーーよ！」

突然、編み笠に乗っていた鳶助が天高く舞い上がった。

一体何が起きたのかと見上げるリョウマと老人、まっどん。

すぐに雲に隠れた鳶助の姿だったが、ひゅるるという風切り音と共に降下を始めた。

そして、ざくりと、地面に降り立つ。

「おいおい、一体どうしたんだ？」

「ぴょっ！」

見れば鳶助の足には、ネズミが捉えられていた。

鋭い鉤爪で捕まえ、もがく事すら出来ずにいた。

「おお、すごいな鳶助！」

「ぴぃーよ！」

自慢げに鳴くと、鳶助はネズミを握り潰した。

ネズミはピクピクと手足を痙攣させ、やがて動きを止めた。

それを見てまっどんは、驚愕の表情になった。

「シャー……」

「ぴぃーよ！　ぴょっ！　ぴょぴょぴょぴよ」

鳶助はまっどんの方を向いて、勝ち誇ったように鳴いた。

嘴の先を歪ませたその顔は、どこか笑っているようにも見えた。

対抗意識を燃やす二匹を見て、リョウマと老人は顔を見合わせるのだった。

「これでよし……っと」

リョウマと老人は木に薬を塗ると、藁を巻きつけていた。

ネズミに齧られた所から病気にならないように、である。

人間で言うと傷口に薬を塗り、包帯を巻いたといった感じだ。

額の汗をぬぐい、老人が腰を下ろした。

「ふぃ、ようやったのう。流石に疲れたわい」

「んだよ、だらしねぇな」

「ふん、こっちゃもうジジイじゃぞ。若いもんと一緒にされては困るというもんじゃ」

「それで働かない……という言い訳には出来ねぇぞ」

「く……わ、わかっとる」

老人はリョウマに睨まれ、ふんと鼻を鳴らした。

曲がった腰をトントンと叩く老人の横に腰を下ろすと、リョウマはまっどんと鳶助の方を見やる。

二匹は作業の間、ずっとネズミ捕りを競い合っていた。

とはいえ勝負は一方的なもので、木の上から狙い撃つ鳶助に、まっどんは手も足も出なかった。

鳶助の足元には、ネズミが五匹も並べられていた。

「ぴぃーよ！」

「シャアアア……！」

二匹はまた、睨み合っていた。

「おいおいお前ら、喧嘩はすんなよ」

「というか、こんなにおったんじゃのう」

老人は並べられたネズミを見て、呆れたような声を上げた。

リョウマは張り合う二匹を見て、ため息を吐くのだった。

その夜。

リョウマが帰った後も、老人の畑ではまだ二匹が争っていた。

「ぴぃーよよよ！」

「シャアアアア！」

唸り声を上げながら、二匹は獲物を捕らえ続ける。

と言っても捕らえているのは鳶助のみで、その足元のネズミの数は十二匹まで増えていた。

夜の闇でも鳶助は問題なく獲物を捕らえていた。

魔物である鳶助には鳥の常識は通用しない。

身体能力はもちろんのこと、本能に近いレベルでの風魔術も使えた。

一方、夜目の利くまっどんではあるが、それでもなお鳶助には敵わない。

勝ち誇る鳶助に、まっどんは対抗意識を燃やし続けていた。

畑から少し離れた老人宅の明かりは既に消えていた。

最初はその様を眺めていた老人だったが、食事を終えて風呂から出ると既に眠りに落ちていた。

なにせ老人の夜は早い。

暗闇の中、鳶助は木に停まり、まっどんを見下ろしていた。

足元には一三四目のネズミが捉えられており、その顔は得意げだった。

自分の方がリョウマの役に立つと、お前はもうお払い箱だとそう言わんばかりの顔だった。

まっどんは悔しそうに鳶助を見上げる。
何度獲物を見つけても、鳶助の速度、目の良さ、狙いの正確さに、なす術がなかった。
夜でさえもその有利は揺るがず、圧倒的な差を感じていた。
「ぴょっ！」
ふと、鳶助が顔を上げ、森の方を見やる。
続いてまっどんも。二匹とも、森からの気配に引き寄せられるように一点を見ていた。
森の入り口にある草むらが、突然！　がさりと揺れる。
がさ、がさと断続的な揺れの直後、そこから飛び出してきたのは大きな黒い塊だった。
黒い毛を逆立てた大猪だった。
針金のような太い毛、短い脚で転がるように突進してくる。
向かってくる先は畑の木だった。
「ぴぃーーよ！」
鳶助は大猪を睨みつけたまま、翼を広げた。
そして木の枝から飛び立つ。
その拍子に泊まっていた枝が軽くしなり、木の葉がはらりと舞った。
鳶助が翼を羽ばたかせるたびに、その速度はぐんぐんと上がっていく。
翼にて風魔術を後方に放ち、自らの速度を加速度的に上げているのだ。
風の衝撃波を受け、近くの羽虫が彼方へと吹き飛ぶ。

数度、それを展開した後、十分な速度を得た鳶助は翼を閉じて弾丸のような姿勢を取る。

その速度は更に——ぐん、と伸びた。

これがまっどんが追い付けなかった理由の一つ。圧倒的な速度による攻撃である。

その速度、まさしく電光石火。

まっすぐ飛んで行った鳶助は、大猪に反応すら許さずに突き刺さった——ただし、突き刺さったのは鳶助の身体に、大猪の針金のような剛毛が、である。

鳶助の嘴はダメージを与えるどころか、むしろ自身がそれによってダメージを受けていた。

「ぴ、ぴょっ!? ぴょーっ!」

それでも剛毛の檻から何とか脱しようとする鳶助だったが、全身に毛が絡まり全く動かない。

暴れれば暴れる程、雁字搦めになっていく。

次第に鳶助の身体は動かなくなり、嘴をぱくぱくと動かすのみだった。

大猪はボリボリと前脚で首元を掻くと、また何事もなかったかのように走り始める。

木に向かって、土ぼこりを上げながら、頭には鳶助を絡ませたまま。

このまま激突すれば鳶助は押し潰されてしまうだろう。

死を覚悟した鳶助。万事休すかと思われたその時、木の陰から泥が飛んできた。

泥は大猪の顔に当たり、わずかに怯んだ。

「シャアアアア!」

そこへまっどんが大猪に体当たりをぶちかます。

その衝撃ですってんころりんと転げ落ちる鳶助。

何とか体勢を取り戻した鳶助は、ぶるると全身を震わせて、見上げた。

鳶助の目には、大猪とがっぷり四つで組み合うまっどんが映っていた。

「ぴぃ……！」

しばし、その姿に見惚れていた鳶助だったが、まっどんに視線を送られようやく自分のやるべき事を思い出した。

「ぴぃーーよろろろ!!」

甲高い声で鳴くと、鳶助は上空へと飛翔する。

ぐんと、大きく、何度も羽ばたいて。

どの山よりも高く、幾つかの雲を眼下に見下ろし、それでもなお鳶助の目は大猪を捕らえていた。

「ぴぃぃぃぃぃぃぃぃよぉぉぉぉぉぉぉぉ!!」

鳴き声と共に、一気に下降する鳶助。

同様に展開される風魔術、加えて重力による過重ともいえる加速。

空気の壁を何度も破り、音の壁すらも破り抜いた鳶助は、両脚を真下に突き出した。

鋭い鉤爪を一点に集め、繰り出される一撃が大猪の頸部を貫く。

まっどんが押さえていた大猪はぐるんと白目を剥くと、土煙を上げて倒れた。

ずずん！　と地面が揺れる。

短い四肢は力なく投げ出され、その様は倒れた丸机（テーブル）のようだった。

「ぴょっ、ぴょっ」

大猪の身体から這い出てきた鳶助の両脚はべっとりと血に濡れており、その鉤爪には白い骨が握られていた。引き抜かれた大猪の頸椎であった。

地面に転がった白い骨を踏みつけ、鳶助はまっどんを見上げる。

まっどんは、身体を伏せて横たわると、鳶助と目線を合わせる。

「ぴぃーよ！」

「シャー！」

その鳴き声は、先刻までと違いどこか相手を尊重しているような声色だった。

互いをじっと見つめる二匹の間には、先刻までの不穏な空気はもはや漂ってはいなかった。

その様子を、木陰の中からリョウマが見ていた。

青縞外套に付いた木の葉を払いながら、木に寄りかかる。

凩を鞘に収めると、しゃりんと鈴の音が鳴った。

「……やれやれ、どうなる事かと思ったが……何とか協力してくれたみてぇだな」

何となく気になったリョウマは、宿を抜け出し様子を見に来ていたのだ。

いきなり大猪が出てきた時は飛び出すべきかと思ったが、二匹の協力を見てその場に留まったのだ。

それでも最悪手を出すつもりだったが……必要はなかったようである。

仲の悪い二匹であったが、それでも突然現れた大猪に協力して対応していた。

まっどんがその巨体で動きを止めてからの、鳶助のあの一撃。

見事な連携の甲斐あってか、今は互いの実力を認め合っているようである。

「明日はしし鍋でも作ってやるかねぇ」

そう呟くとリョウマは踵を返し、畑を後にするのだった。

――老人の朝は早い。

大きく伸びをして老人はベッドから起きた。

すると窓の外から何かいい匂いが漂ってくる。

外へ出た老人が目にしたのは、鍋を囲む鳶助とまっどん、そしてリョウマであった。

「おう爺さん、遅かったな」

「ぴぃーよ！」

「シャー！」

鳶助とまっどんは、仲良さげにリョウマから与えられる肉を食べていた。

先日までの険悪な様子が嘘のようだった。

老人は呆然とした顔でそれを眺めていた。

「……何があったんじゃ？」

老人の呟きは、二匹の楽しげな鳴き声にかき消されていった。

四・魔物使いと冒険者。

それからしばらく、リョウマは冒険者ギルドで依頼をこなしていた。

異国仕込みの栽培に若干戸惑っていた老人だったが、元々は土に携わるプロ。

見事成長の木を育て上げたのである。

リョウマの手には、老人からたくさんの木の実が手渡された。

「おお、やるじゃないかじいさん」

「ふん、まぁそれほどでもないわい」

老人は悪態をつきながらも、どこか嬉しそうだった。

今まで人と関わることをせず、追い払ってばかりの人生だった。

だがリョウマに褒められることは、決して悪い気分ではなかった。

その結果がまぁ、この態度である。

「シャー！」

「ぴぃーよ！」

「お前も良くやってるぞ。まっどん、鳶助」

勿論、まっどんと鳶助の助けも大きかった。

まっどんは大きな口の中には大量の水が入るし、そのパワーで田畑を耕すことも可能。

実際、殆どの力仕事はこのまっどんが行っていた。

鳶助は変わらず害獣害虫の駆除。

あっという間に捕らえては、ズタズタに引き裂いてしまうどう猛さ。

大きな獲物はまっどんと協力して追い払っていた。

彼らの協力なしに実は得られなかったであろう。

仲間、とは少し違うかもしれないが、リョウマは彼らに感謝していた。

「それじゃ、いただきます」

リョウマは手にした木の実を口の中に放り込む。

口いっぱいのそれをガリガリと噛み砕き、飲み込む。――と同時にリョウマの身体に力が溢れてきた。

「……ふむ」

リョウマは頷くと、凧を手に取った。

そして川に向かって振り抜く。

――つむじ風。放たれた風の刃が、川を切り裂いた。

ざばぁんと水しぶきが上がり、川底が見えた。

ばしゃばしゃと水が降り落ちると共に、魚も落ちてくる。

「ぴぃーよ！」

そのうち一匹を鳶助が捉えた。

まっどんと分けて、食べ始める。

「シャー！」

仲良く食べ始める二匹を見ながら、身体能力の向上を強く感じていた。

全力で撃てばこれ程の威力があるのかと。

ただ少々の疲労感を感じていた。

この手の技(スキル)は強度を上げれば上げる程、精神の消耗が激しい。

「なるほどのう、これが成長の木の実の効果というわけか」

「あぁ、とはいえじいさんにはあまり効果がないだろうがな。身体能力に応じた力しか得られねぇらしいぜ？　じゃねぇと金持ちのぼんぼんがどれだけの力を得られるやら」

「違いないわい」

「てなわけで、こいつは謝礼だ」

リョウマはそう言って、老人に金を握らせる。

それを見て老人は驚き目を見張った。

「……っ!?　こ、こんなに……!?」

「驚くこたぁねえだろ。働きには対価が支払われるのは当然だ」

「し、しかし……いくらなんでも多すぎるのではないか？」

老人に握らされた額は、リョウマが畑を買った時と同額であった。

目を白黒させる老人を見て、リョウマが笑う。

「あんたが逃げねぇようにするって企みもあるのさ。構わねぇから貰っとけ」

「……すまんのぅ」

老人は目に涙を浮かべ、ありがたがっていた。

以前は生気を失い、人との関わり合いも捨てていた老人だったが、今は人間らしさを取り戻しつつあった。

老人の顔に初めて、笑みが浮かんだ。

「じゃあ続けて任せるぜ」

「うむ！」

老人の顔はやる気に満ち溢れていた。

まっどん、鳶助も同様である。

リョウマは彼らに見送られながら、冒険者ギルドへと足を運ぶ。

「ん……？」

その道すがら、人だかりを見つけたリョウマ。

何だろうかと思い、ひょいと人だかりに首を突っ込む。

「さぁー、寄ってらっしゃい見てらっしゃい！　魔物小屋の時間だよー！」

リョウマが目にしたのは巨大な檻。

そこへ入れられていたのは鎖に繋がれた魔物である。

スライムにオオトカゲ、ゴブリンとそこまで強くはない魔物ばかりだ。

檻の前に立つ、でっぷりとした男が飼い主だと思われた。

男は派手な帽子と服を着ており、まるで道化師(ピエロ)のようだった。

鞭を手にし、地面を打ち据えるたびに魔物はびくんと震える。

彼は魔物使い。

広義では魔物と心を通わせ、共に戦う者——である。

ただ彼は明らかに、魔物を見せもの扱いしていた。

心を通わせる、とも共に戦う、とも外れているように思えた。

男は観客を見渡し、十分に集まっているのを確認するとニンマリと笑い口上を始めた。

「さぁお立ち会い！　これよりご覧にいれますは、世にも珍しい人語を解する魔物にございます！

楽しまれたと言う方はおひねりを、早く見せろと言う方もまた、おひねりをお投げ下さいな」

「おう、もったいぶってんじゃねえぞ魔物使い！」

「いいから早くやれや！」

待ちきれないといった風に声を上げる観客。

飛び交うおひねりを小間使いに拾わせながら、男はまぁお静かに、と宥める。

会場の熱は十分だった。

しっかりと勿体ぶった後、魔物使いは咳払いをして皆の方を向き直る。

「それではとくとご覧あれ！　……おい」

「はい！」

魔物使いが命じると、小間使いは檻の扉を開けた。

その中へ入って行く魔物使い。

悲鳴を上げる者、目を瞑る者、歓声を上げる者……

渦巻く反響の中、魔物使いは魔物に近づき、スライムの前に立つ。

スライムはどこか、怯えているように見えた。

「よぉしスライム、お手だ。お手をしろ」

「ぴぎぎ……」

スライムは魔物使いの言葉に応じるようにおずおずと身体を伸ばし、男の手に載せた。

上がる歓声、沸き立つ観客。

魔物使いは喝采を浴びながらも、次はスライムの前に立つ。

「スライム、宙返りだ」

「ぴぎ……」

魔物使いに命じられ、スライムはビクビクしながらも飛び上がり、何とか一回転をした。

着地時にべちょりと潰れたが、持ち直し喝采を受ける。

「うおーー！　すげーぞ！」

「本当に言う事を聞いてるわ！」

飛び交うおひねり、割れんばかりの拍手に魔物使いは礼を返す。

「如何でしょう？　魔物使いと魔物、互いの信頼があったらばこその芸。彼らは私の自慢の息子たちです」

恭しく礼をする魔物使いに浴びせられる歓声。

観客の隙間から様子を見ていたリョウマが顔をしかめる。

「……け、胸糞のわりぃこって」

観客の熱狂とは反対に、リョウマは冷めていた。

魔物たちの身体には無数の傷がつけられており、虐待の跡が見て取れる。

恐らく暴力で言う事を聞かせ、従わせているのだろう。

「何が自慢の息子だ。笑わせてくれるじゃねぇか」

とはいえ、自分に関係のあることではない。

それに人間に捕らえられるような、弱い魔物も悪いのだ。

リョウマは彼らを一瞥し、ギルドへと向かうのだった。


ギルドの中に入ると、受付嬢がやはり無表情のまま声をかけてくる。

「お疲れ様です。リョウマさん」

「次のを貰えるか」

「色々ありますが……リョウマさん向けのが一つ」

「見せてくれ」

「はい、確かここに……あった」

リョウマの前に出された依頼書には、山に住むゴーレム退治であった。

依頼主はその山奥にある、ルルカ村の村長。

「ゴーレムは高い戦闘力を持ちます。しかも依頼書のは魔術まで使うとか。すでに村人数名が被害に遭っているとの事です」

「悪い魔物なのかい」

「依頼書にはそう書かれておりますね」

「いいだろう。受けようその依頼」

丁度むしゃくしゃしていたリョウマは、快諾する。

悪くて強い、そんな奴を倒してスッキリしたい気分だった。

受付嬢は依頼書をリョウマに受け渡す。

——山にたびたび現れ、荷物を襲う極悪なるゴーレムを倒していただきたい。

このままでは村に物資が入らず、皆干上がってしまいます。是非ともお願いいたします。

ルルカ村村長——

くしゃりと依頼書を閉じ、受付嬢に返す。

「どうしますか？」

「受けるさ。こういうのが単純でいい」

「わかりました。ルルカ村へは確か明日馬車が出るはずですので、それに乗ってください」

「おうともよ」

こうして決まった次の行き先。

待ち構えるは如何なるや。

リョウマはルルカ村へと旅立つのだった。

がたんごとん、木製の車輪が荒地を走るたび、荷車が音を出し揺れている。

中に乗るのは冒険者が殆ど、残りは村へ行く道具売りだ。

舗装されてない山道である。それに荷車も安いものだ。

中の者たちは不平不満を漏らしていた。

「いやしかし、これはひどいものです」

「全くだ！　こんな乗り心地の悪い馬車は初めてだぞ！」

「一番安いのを使っているのでしょう。仕方がありません。何せ馬車が魔物に襲われ壊されでもしたら、大損ですからな。壊れてもいいものを使っているんでしょう」

「……」

皆が乗り心地の悪さに不平を漏らす中、リョウマはぐっすりと眠っていた。

どこでもいつでも寝れるのがリョウマの特技の一つである。

そんなリョウマだったが、突然目を開けた。

それとほぼ同時に御者が声を上げた。

「お、おい！　魔物だ！」

馬引きの声で冒険者は皆、外へ飛び出す。

彼らは道中の魔物を倒す契約で冒険者は格安で乗せて貰っているのだ。

もちろんリョウマもである。

リョウマはぐるりと辺りを見渡すと、視界の端にちらりと動く影を見つけた。

「あそこだ」

リョウマが声を上げる方に、全員が一斉に視線を集める。

街道から出てきたのは、黒毛を持つ馬――のような魔物。

エビルホースである。

馬よりも一回り大きな巨躯、六本の脚、燃えるような鬣を持つ草原に住む魔物だ。

この界隈では見ない魔物である。他にも巨人のような身体と武具を扱う知性を持つハイオーク、比較的大人しいスライム種の中でもかなり好戦的な真紅のスライム、スライムウォリアがいた。

「おいおい、どうなってやがるんだ!?」

「この辺りでは見ない魔物ばっかりだぞ！　しかも何故か徒党を組んでいやがる」

「くそ……危ないかもしれないな……」

全員が油断なく武器を構える中、魔物の群れはまっすぐ近づいて来る――

「おやおやあなた方、どうしたのですか？　そんな怖い顔をして」

魔物の群れから聞こえてきたのはリョウマの知った声。

先日、街で見た魔物使いだった。

魔物の群れに見えたのは彼が従える魔物たちだったのだ。

エビルホースが引いていた馬車から降りてくると、魔物使いは帽子を取って挨拶をした。

敵ではないと見てほっとしたのか、御者は彼らに頭を下げた。

「魔物使いの方でしたか。これは失礼」

「ほっほっ、いいのですよ。このような輩を連れているのです。奇異の目で見られるのは慣れていますから」

「そう言っていただけるとありがたい」

「では私、急いでおりますゆえ」

魔物使いは馬車に乗り込むと、山道を進んでいく。

クッションの敷き詰められた豪華な馬車で、荒地も苦ではなさそうだった。

尤も、魔物を見世物にして稼いだ金で得たものかと思えば、リョウマには羨むよりも違う気持ちの方が湧いてくるが。

馬車の後ろには鉄格子のつけられた荷車が繋がれており、中では見世物にされていた魔物たちが震えていた。

眉を顰めるリョウマの頬に、ジュエ郎がすり寄ってくる。

「ぴー……」

「チッ、胸糞わりぃな」

リョウマはそう吐き捨てると、自分たちの馬車に戻る。

「さて皆さん、我々も行きましょうか。こんな所で立ち往生していても仕方ありませんしね」

そう言うと御者はリョウマらを乗せ、旅道中を続ける。

小さな村や洞窟、森などの狩場……冒険者や物売りが、各々目的地にて次々降りていく。

「そいじゃありがとな。達者で」

「はい」

最後のパーティが馬車から降りると、残ったのはリョウマ一人だった。

丁度ルルカ村のある山道に入りかけたところだった。

到着までもう一寝入り……そう思い目を瞑るリョウマであるが、いつまで待っても馬車が動かない事に気づく。

「どうした？　御者さんよ」

「いやぁ、どうしたものかと思いましてね」

「？」

御者はどこか怯えているように見えた。

疑問符を浮かべるリョウマに、御者は続ける。

「これ以上進むのはね、どうしたものかと」

「はぁ？　ルルカ村まで行くって約束だろうがよ」

「しかしあの村へ行こうとするとゴーレムが襲ってくるともっぱらの噂でして。それに皆さん降りられて、客はあなたしか残っていない。これ以上進むのは危険だと思いませんか」

「……そういう事かい」

要するにこの御者、びびってしまったのだ。

無理もない。日は落ち始め、馬車には異国人がたったの一人。

せめてもう少し冒険者がいれば、怖気付く事もないのだろうが。

リョウマはやれやれとばかりに首を振り、馬車から降りる。

「わぁったよ。ここからは歩いて行くさ」

「いいのですか」

あっさり引き下がるリョウマに、御者は驚いていた。

臆病風に吹かれた自分をもっと責めてもいいはずなのに、こうまであっさり引き下がるとは。

「すみませんねぇ。腰抜けで。金は返させて貰いますから」

「そうかい？　じゃあ遠慮なく」

御者から金を受け取るリョウマ。

御者には御者の、自分には自分の生き方がある。

関係のない他人に自分の都合を押し付けるなどするつもりはなかった。

慌てて山から逃げ出す馬車を、リョウマはしばし見送っていた。

「さて、行くかい」

そう呟くと、リョウマは山へと登り始めた。


日はすっかり沈み落ち空には雲が立ち込めている。

星明かりすら見えず、ゴツゴツした地面はリョウマの足取りを鈍らせていた。
とはいえ地図上では後少しである。リョウマはもうひと踏ん張りがんばることにした。
がつ、がつと石を踏む音が響く中、一つ他の音が混じっているのにリョウマは気づく。
足を止め耳を澄ませば間違いなく聞こえる音。
リョウマより明らかに重い何者かが近づいてくる音だ。
頭によぎるのは受付嬢に聞いた、人を襲うゴーレムの話。
振り返るとそれらしき巨大な影が蠢いているのが見える。
来るか。リョウマは気配を研ぎ澄ませ、刀に手をやる。
石を踏む音は大きくなっていく。陰が揺らめく。
がつん、と石を踏み潰しながら、大きな影が闇の中から姿を現した。
「…………」
無言のまま、ぎょろりと一つ目を向けてきたのは、石を幾つも重ねた岩石人形だった。
ごつごつした岩肌を持つゴーレムである。
身長は十尺（約三メートル）あるかないか。
ゴーレムはゆっくりとした動作で、リョウマに近づいて来る。
「出やがったな」
リョウマが刀を握る手に力を籠める。
その気に呼応するかのように、ゴーレムは高速で突っ込んできた。

巨体に似合わぬ疾さ。

振りかぶる拳に合わせるように、リョウマが放つはつむじ風。

風の刃がゴーレムの腕目がけ、飛んでいく。

――がぎん！　とゴーレムの腕に当たった風の刃は音を立て弾けた。

頑強な岩肌には切り込み一つ入っていない。

とんでもない硬さである。

ただの岩なら切り崩せると思ったが、どうやらゴーレムを構成する岩石は魔術を帯びているようだった。

戸惑いながらもリョウマは後ろに跳び、ゴーレムの攻撃を躱した。

打ち据えた衝撃で拳は岩盤を割り、地面深くまで埋まる。

「こいつは確かに強ぇな」

そう言って不敵に笑うリョウマ。

こうもやりがいのある相手は久方ぶりだ。

オーガもまぁまぁだったが、それよりもさらに強い。

リョウマはぺろりと唇を舐めると、振るった刃を構え直し、再度つむじ風を放つ。

右手首を狙い放たれた刃は、しかし硬い皮膚に阻まれかき消される。

それでもリョウマはつむじ風を放ち続ける。

「おら！　おら！　おらぁぁぁっ!!」

「…………ッ！」

風の刃がうっとおしいのか、ゴーレムはうめき声を上げリョウマに石を投げつけてきた。

だがリョウマには当たらない。

躱しながらも的確に放たれるつむじ風は、ゴーレムの身体をじわじわと削っていく。

「…………！」

このままではまずいと思ったのか、ゴーレムは地面を思い切り蹴った。

広範囲にまき散らされる石弾。リョウマも躱しきれず青縞外套にてガードする。

「ぴーぎーっ！」

それに加えて、ジュエ郎が身体を広げてリョウマを守る。

ジュエルスライムの持つ柔軟性を持つ硬さ、それに加えて強化された青縞外套の防御力。

リョウマに降り注ぐ石弾は、それを貫くには至らなかった。

だがその向こうでは、動きを止め、視界を封じられたリョウマにゴーレムが迫っていた。

巨大な掌がリョウマに掴みかかる。

青縞外套にて視界が塞がれていたリョウマの反応が、鈍った。

がっしと、リョウマの身体はゴーレムに掴まれてしまった。

「く……！」

うめき声を上げるリョウマを見て、満足げに笑うゴーレム。

力を籠めようとしたその時、ゴーレムは違和感に気付く。

ゴーレムの右手はリョウマの身体と共にずり落ちていた。

先刻、掴まれる瞬間にリョウマはゴーレムの右手首へと凩を叩き込んでいた。

何度も何度も、つむじ風にて狙い撃ったところをである。

それはついにゴーレムの右手首に大きな亀裂を生み、直接の斬撃で破壊されたのである。

「一度で切れぬなら二度、三度……ってなもんよ」

狙いの難しいつむじ風を同じ場所に何度も当てるのは、並大抵の技量では不可能だ。

だが異国人には手先が器用な者が多い。リョウマもご多分に漏れず、である。

本来は使いにくいつむじ風も、使い手次第ではこうも化けるものなのだ。

リョウマは後方に跳び、距離を取った。

戸惑いながらも、ゴーレムには大した痛手はないのか、まだリョウマを睨み付けている。

こいつを倒しきるには少し手間取るか。リョウマがそう思った時である。

「………………ッ！」

踵を返し、ゴーレムは茂みの中に消えていく。

逃げたのだ。リョウマはほっとした顔で構えを解いた。

「ふい、行ってくれたかい」

暗闇に目は慣れてきたとはいえ、これ以上の戦いはリョウマにとっても危険だった。

それに奴は魔術を使うと聞く。ここは深追いはやめておくべきだろうとリョウマは思った。

手にした凩の、欠けた刃を見てリョウマは舌を打つ。

「ちっ、刃も欠けているな……ジュエ郎、頼む」

「ぴぎ！」

ジュエ郎が凩にまとわりつくと、欠けた刃がみるみるうちに修復されていく。

とはいえジュエルスライムによる修復は、溶かして欠けた部分を補う行為である。

切れ味は戻っても、強度は下がるし下手をすると凩自体が破壊されてしまう。

何度も行える事ではなかった。

「ゴーレムか、思ったより厄介な相手やもしれぬ」

リョウマは凩を鞘に納めると、村へと急いだ

村へ辿り着いたリョウマは門番に挨拶をした。

異国の風貌をしたリョウマを見て門番は少々訝しがっていたが、ギルドからの書状を見せるとすんなり中へと入れた。

村の中でも一際大きな家に村長はいた。

「おお！　あなたが依頼を受けてくださった方ですね！」

「いかにも。こいつは紹介状だ」

「ふむ、ありがたく」

村長はそう頷くと、紹介状を改め始めた。

ギルドからの依頼を受けると紹介状が作られ、それを依頼者に渡すことで冒険者は依頼を始めるこ

とが出来る。

村長は読みながらリョウマの顔と紹介状を交互に見やる。

リョウマは村長の顔を見て、ため息を吐いた。

「悪口、書かれてるだろ？　俺は受付嬢さんにゃあんまり好かれてなくってね」

「そんなことはありませんよ！　異国の民ではあるが、腕は確かで、今は銅でもすぐに銀等級まで登りつめるだろうと、そう書かれています」

「んあ？　にわかには信じられねぇな……」

「ほほほ、信頼されておるようで羨ましいですなぁ」

あの鉄面皮が……戸惑う反面、リョウマは少々気恥ずかしい気持ちになった。

それを見て笑う村長、手にした紹介状をリョウマに手向けてくる。

「嘘だと思うなら見て見ますかの？」

「いやぁいいさ。こっぱずかしいったらねぇよ。……せいぜいご期待に添えるようにするさ」

深々と頭を下げ手を差し伸べる村長。その手を握り返し、リョウマは決意を新たにする。

「よろしくお願いいたしますじゃ！」

その日は村長の家の客室で夜を明かした。

朝早く目を覚ましたリョウマは、布団を仕舞い外へ出る。

流通が滞り食べ物がないという話だったが、村にはまだ牛や馬がいた。

すなわち、全く食べ物がないという事もなさそうだ。

少し安心しつつも、リョウマは軒先に出て風呂敷を広げる。

取り出したのは出る時に持ってきたおむすび二つにキュウリの塩漬け。

おむすびを頬張りながら、時折食べる塩漬けは美味と言う他ない。

「ん、やはり漬物はばっちゃのには敵わなねぇな」

リョウマの祖母の漬物は絶妙な漬け具合で、真似ては見たが中々上手い具合にいかないのだ。

「……ん？」

いつの間にか、子供がリョウマの事をじっと見ていた。

この家の子供だろうか。

正確にはリョウマの手にあるおむすびを、じっと見ている。

「なんでぇ、がきんちょ」

「にーちゃんそれ、なんだ？　うめぇのか？」

「あん？　おむすびってんだよ。美味ぇぞ」

「へぇ、うめぇのかぁ。いいなぁ」

「……」

少年はリョウマを、じっと見てくる。

きゅるると少年の腹が鳴る音が聞こえてくるのを聞いて、リョウマはため息を吐く。

「食えよ。おら」

「いいのけ!?」

「ん、遠慮すんな」

リョウマの言葉を最後まで聞く事なく、少年はおむすびにかぶりついた。

一心不乱に食べるその様を見て、リョウマは微笑む。

「美味ぇか?」

「うめーーーーっ!!」

「そりゃよかった。こいつもどうでぇ」

渡されたキュウリの漬物を少年は口に含む。

先刻までの笑顔が変わるのを見て、リョウマは噴き出した。

「しおっぺぇ……」

「はっ、子供にゃ大人の味はわからんか」

「むー! ひでーぞにーちゃん!」

ぽかぽかと殴りかかってくる少年を見て、リョウマは故郷の妹を想った。

小さい頃はわんぱくだったが、最近は年相応の可愛らしさになっていた。

それでも兄さん兄さんとよくくっついてきた辺り、まだまだ子供ではあったが。

今頃どうしているだろうか。元気だといいが……そんなことを考えていると、後ろから村長が話しかけてきた。

「おおリョウマさん、早いですな」

「おとっちゃん！」

「お前はあっちに行ってなさい。私はこの人と大事な話があるから」

「うんっ！」

少年は村長に言われ、遠くへと走っていった。

時折こちらを振り返ってはいたが、友人らを見つけるともうこちらを振り返ることはなく、すぐ夢中になって遊び始めた。

それを見て村長は目を細める。

「さっきはありがとうございます。食事をいただいたの、見ておりました」

「……やめてくれ、ただの気まぐれさね」

リョウマの言葉に村長はなお、優しく目を細めたままだ。

照れくささに編み笠を被り直して目を隠すリョウマ。

「私らが若い頃は、この村はとてもまずしく、毎年のように食べ物に困っておりました。ですが新しい道が出来て、ようやく人並みの暮らしを送れるようになったのです。もう二度と、あの子らに昔のようなひもじい暮らしはさせたくない……ですからどうか、リョウマさん……！」

「……ま、精一杯やってみるさ」

「お願いします……お願いします……！」

リョウマを握りしめる両手は枯れ木のように細かった。

村長宅を出て、外へ向かおうとするリョウマが目にしたのはあの魔物使いである。

「さーさー寄ってらっしゃい見てらっしゃい。魔物小屋の時間だよー」

魔物使いの大きな声があたりに響く。

またいるのか、とリョウマはげんなりした顔をした。

そういえば向かう先は同じだったか。それにしても目的地まで同じとは。

驚き呆れながらもリョウマが魔物使いの方を見ると、茶番が始まった。

魔物使いは何やら仰々しい口上を述べながら、弱った魔物たちと対峙していた。

「やぁやぁ極悪非道たる魔物どもめ、この私の剣のさびにしてくれようぞ！」

「グギィ……」

魔物たちは互いに顔を見合わせながら、魔物使いに飛びかかっていく。

無論、ただの芝居である。

魔物たちは本気ではなく、魔物使いでもあっさり躱せる程度のものだ。

それを躱しつつ、飛びかかってきた魔物に遠慮なく攻撃を加える魔物使い。

「ギャウッ!?」

「ピギャー！」

悲痛な声を上げ、魔物は倒れてしまった。

魔物使いが持つのは本物の剣だ。

技量の伴わぬ剣とはいえ、全く遠慮のない攻撃。

魔物たちは倒れ伏し、血を流している。

「おおーッ！　すげぇーっ！」

「悪い魔物をやっつけちまえー！」

本物の血が飛び散るような芝居など初めて見るのだろう。

観客たちはその迫力に湧いていた。

リョウマはその様子を見て、不愉快さに顔を歪めた。

「ちっ、朝からくだらねぇもん見ちまったぜ」

リョウマは踵を返し、足早に立ち去る。

それにしても魔物に困らされている村だから、受けが狙えると思ったのだろうか。

皆、楽しんではいるものの、やはり貧しいのだろう。おひねりは殆ど飛んでいない。

そのくらいわかりそうなものだが……不思議に思いながらも村を後にするリョウマの後ろから何かが走ってくる。

魔物使いだ。何の用かと振り返るリョウマの厳しい視線にも、魔物使いは動じる様子はない。

「もしや貴方はゴーレムを倒しに来た冒険者ですかな」

わざわざ声をかけてくるとはどういう心境であろうか。

訝しみながらも無視をするわけにはいかぬ。

リョウマは振り返ると、つまらなそうに答えた。

「まぁな」

「おぉ！　ついにですか！　いや全く、待ち望んでいたのですよ！」

満面の笑みを浮かべ、手を握ってくる魔物使い。

リョウマは嫌そうな顔を隠そうともしなかった。ただ振り払いもしなかったが。

「実は私はここへよく興行に来ていてね。村人たちが魔物に苦しめられているのはずっと見ていたのですよ。だが私ではあのゴーレムをどうしようもない。魔物たちと芝居をし、村人たちの心を安らげるのが精一杯。やっと、倒してくれる人が来てくれた……！」

「ご期待に沿えられるかはわからんがね」

「沿えるさ！　沿えるとも！　うむ……うむ！　頑張ってくれよ、リョウマさん！」

「……邪魔したな」

リョウマが去っていくのを、魔物使いは手を振って見送っていた。

見れば魔物使いの芝居を見ていた者たちも、同じように。

期待の大きさにリョウマは複雑な気分であった。

「それにしても意外だな。あの強欲そうな男がね」

「ぴーぎー？」

リョウマの肩の上でジュエ郎が鳴く。

ここまで来るのも楽ではないだろう。

殆ど金にもならない辺鄙な場所にわざわざ来ていたとは、驚きだった。

「人を見た目で判断するなとは、ばっちゃにもよく言われたがね……」

どちらにしろそんな事を気にしても仕方ない。

この男が何を考えていようと、自分は依頼を達するのみだ。

リョウマはともあれ、ゴーレムを倒すべく山道を下るのだった。


「さて、どこにいやがるか……」

山道を降りながら、リョウマは辺りを油断なく見渡す。

左手は凧に添え、右肩にはジュエ郎が乗りこちらも周囲を警戒していた。

当然ではあるが、夜と昼では道の様相は全く異なる。

確かに夜、あの闇夜では苦戦を強いられた。

だが昼間ならば足元も良く見えるし、強力なゴーレム相手でも優位に戦えるだろう。

進む事しばし、ふと何かの気配に気づく。

「きやがったか……！」

来るなら来い、そう思い構えるリョウマだが、気配は止まったまま動かない。

恐れているのか、それとも油断を誘っているのか。待てど暮らせど相手は動く気配はなかった。

リョウマは凧から手を放すと、進む事にした。

「長丁場になりそうだな」

長期戦を覚悟したリョウマは、あえてゆっくり山道を進む。

気配はその後を、ゆっくりとつけて来ていた。

道中、草むらの影から中型の獣が出てきた。

狼によく似た魔物、ケルビムである。

鋭い犬歯を持ち、素早い動きで獲物を捕らえる森の狩人だ。

「ガルルル……！」

唸り声を上げ近づいて来るケルビムを前に、リョウマは構えた。

じりじりと、近づいて来るケルビムは、リョウマを射程距離に捉えたと確信したのか、一気に飛びかかる。

「ガァァァ!!」

大きな口を開けての噛みつき。鋭い牙がリョウマを噛み砕くべく、迫る。

それをリョウマは紙一重で躱した。

青縞外套が揺れ、空を切ったケルビムの歯と歯の音ががちりと鳴った。

「ガァウ！」

即座に体勢を立て直したケルビムは、今度は爪を振るう——が、やはりリョウマには届かない。

幾度となく繰り出される連撃をリョウマは全て見切っていた。

ケルビムとリョウマでは、大きな戦闘レベルの隔たりがあった。

倒そうと思えばいつでも倒せるほどの、レベル差が。

だがあえて反撃はしない。

躱しながらもリョウマが意識を向けているのは、草むらの奥に潜む気配である。

戦闘中であれば仕掛けてくるかとも思ったが、それでも気配は動かない。

「……来ねぇつもりか」

攻撃を仕掛けるならば今が絶好であろう。

それでも来ないという事は、襲うつもりではないのか、それとも他に何か別の考えがあるのか。

「なんにせよ、これ以上待っても時間の無駄か」

「ヴガァァァァ!!」

遊ばれているのを察したのか、ケルビムは怒り狂い飛びかかって来る。

躱すばかりのリョウマだったが、ようやく凩を抜いた。

――陣風一閃。

つむじ風が舞い、ケルビムはあっさりと両断されてしまった。

大きく開けた口を境に上下、真っ二つに分断されたケルビムは、勢いのまま地面に滑り落ちた。

上半分の部分は懸命に手足を動かそうとしていたが、下半身の方はビクンビクンと痙攣を繰り返すのみだ。

次第に動かなくなるケルビムを尻目に、凩を鞘へと仕舞う。

「まぁいいさ。何を企んでるかしらねぇが、これだけ離れて気づかれてるようじゃ大した事はねぇ」

気配を消すのも強さを測る指標の一つ。

先刻の追跡も素人丸出しである。そもそもゴーレムですらなさそうだ。

リョウマの脅威になるような相手とは思えなかった。

気にせず進むことしばし、リョウマは先日ゴーレムに襲われた場所に辿り着いた。

先日行われた戦闘の跡、ここで間違いはない。

リョウマはゴーレムの消えていった方へと歩み寄り、辺りを探る。

すると見つけたゴーレムの足跡。森の奥へと進んでいる。

「これをつけていけばいいってわけだ」

あの巨体、追跡は楽勝である。

住処を襲えばこちらのペースで戦えるし、不意打ちで倒せる可能性すらある。

ともあれ追跡を続けるリョウマだったが、半刻程経った辺りで突然の違和感を見つけた。

「……痕跡が……消えた？」

いつの間にか、ゴーレムの移動した痕跡が消えていた。跡形もなく、まるで何もなかったかのように。

「こいつはどういうこった……？」

見落としはあり得ない。

故郷では時期になると鹿や熊の痕跡を追い、狩りもしてきたリョウマである。

こんな大きな痕跡を見逃すはずがない。

「となると……魔術……？」

件のゴーレム、魔術を使うという話である。

転移や隠匿系、あるいは別の魔術を使った可能性が高い。

だがリョウマはそれを想定していた。

不敵に笑うと肩に乗せていたジュエ郎の頭をなでる。

「まぁいいさ。それじゃあ手筈通り、頼むぜジュエ郎」

「ぴー！　ぎー！」

ジュエ郎は張り切って宙返りをしたのち、北方向を指し示す。

実は先日、リョウマはゴーレムが去っていく時に背中へジュエ郎の一部を張り付けていたのだ。

スライムの分離した身体は本体と感覚をリンクしており、ある程度場所の特定が可能。

「ぴーぎー！　ぎー！」

「さらに真っ直ぐ北、か」

リョウマはジュエ郎の言う通り、森を進むのだった。

❖

その向かう先、森の中には集落があった。

やけに小さな集落だった。小さな、というのは家や道具が、という意味だった。

そこでは小さな人間のような姿をした者たちが、小さな声で騒いでいた。

「大変、大変！」

「ニンゲンが近づいて来るよ！」

「真っ直ぐに近づいて来るよ！　場所が知られてるみたいだよ！」

「まずいよまずいよ！」

小森人たちの身長は人の子供と同程度だろうか。

だが中には青年や老人も混じっている。

――彼らは小森人。森に住み魔術を使う種族である。

緑色の髪と肌、森に迷い込んだ人間を迷わせたり、あるいは出口に導いたりする。

人よりは魔物寄りの種族で、半魔と呼ばれる存在だ。

基本的には人間と敵対する魔族の一種とされている。

だがその戦闘力は低く、人間や他の魔物に狩られ続け、ついには絶滅寸前となっていた。

ここはその小森人、最後の村である。

小森人たちは一人の少女を円で囲み、口々に声をかける。

「ね！」

「だよね！」

「だからゴーレムでさ！」

小森人の少女は伏せていた目をゆっくりと上げる。

緑色の髪は他の者たちと比べ、より深く、瞳はうっすらと金色に輝いていた。

先日自分で切り揃えた髪の毛は、やや歪で女性としては短めだった。

愁いを帯びた少女の手には、一体の人形が握られていた。

人形は先日リョウマが倒したゴーレムと同じ形をしていた。加えて、その右手首は破壊されていた。

「でもまだ治ってないよ！」

「でも戦えるよきっと！」

小森人達の言葉通り、ゴーレム人形の右手首は完全に繋がっていない。だが戦闘には十分耐えられるように見えた。

小森人たちの視線はゴーレムの傍の少女へと移る。

「ねぇエリザ！　もう一回ゴーレムで戦おうよ！」

「そうだよ！　それでニンゲンを倒しちゃおうよ！」

エリザと呼ばれた少女はゴーレムをじっと見つめる。

触れようとした小森人から守るようにして、ゴーレムを抱き上げた。

「いや」

エリザは口をへの字に曲げ、小森人たちを睨みつける。

その強い意志を宿す瞳に焦ったのは小森人たちだ。

「なんで!?　そうしないとニンゲンがここまで来ちゃうよ！」

「そうだよ！　ワガママ言ってる場合じゃないよ！」

「……いや！」

しかしエリザは頑としたものである。

強い口調で言い返す。

「まだこの子の怪我は治ってない」

「ばか！　ニンゲンが来たらみんな殺されちゃうんだぞ！」

ざわめく小森人たちに囲まれながらも、エリザはゴーレム人形を抱きしめるのみだ。

このままではらちが明かぬと、そう思われた時である。

「のうエリザよ」

一歩、進み出て来たのは白髭を伸ばした老人。

小森人の長老である彼は、あやすような口調でエリザに話しかける。

「どうしてもダメかのう？」

「……」

エリザは答えない。

「ワシらには、お前さんのゴーレムしか頼れるものがおらんのじゃ」

「……でも、また壊されちゃう……」

「しかしこのままでは、ワシらはニンゲンに滅ぼされてしまうのだぞ」

「……そう、なのかな」

口ごもるエリザ。

ニンゲンというモノを見た事がないエリザには、皆の言う事に実感が湧いてこなかった。

元々、何もしていないニンゲンを攻撃するということ自体、気が進まなかったのである。

そんなエリザに長老は、なおも根気強く語り掛ける。

「そうじゃ！　ニンゲンは外道じゃ！　悪魔なんじゃ！　鬼畜で、下劣で……とにかくとんでもない奴らなのじゃ！　ワシらや、お主も、無残に殺されてしまうんじゃぞ？」

「………」

黙りこくるエリザをじっと見る長老。

しばし沈黙ののち、ゴーレムがエリザの手を跳ねのけて地面へと降り立った。

そして長老たちの気持ちに応えるように、大きくなっていく。

ゴーレムはエリザを遠慮深げに見つめる。

「………！」

「……行きたいの？」

こくり、とゴーレムは頷く。

同時に上がるのは小森人たちの歓声。

複雑な顔をしていたエリザだったが、ゴーレムを見てため息を吐いた。

「……わかった。でも、無理はしないで」

「………！」

心配するなとばかりに両腕を上げ、力強さをアピールするゴーレム。

こうなってはもはや止めようもない。

エリザは諦め、ゴーレムを見送るのだった。

めき、めき、めきと音を立て、ゴーレムは大きくなっていく。

ゴーレムの動力は小森人たちに注がれる魔力だ。

そしてその中核をなすのがエリザの魔力である。

高い魔力を持つ小森人だが、エリザの魔力はまさに飛び抜けたものだった。

特に物体を操る「操魔術」の腕は特級品。

普通の小森人では小石や草花、長老ですら木を飛ばすのが精一杯であるが、エリザは自らの作り出したゴーレムを操る程の使い手である。

ゴーレムの力はすさまじく、更にダメージを受けても容易に修復が可能。

今まで小森人の村に近づく輩を排除し続け、守ってきた。

このようなゴーレムに自律的な動きをさせるには、性格までも詳細に作り込む必要がある。

先刻エリザの意思に反して動いたのは、このためだ。

小森人を守る為の守護神ともいえる存在。それがゴーレムなのである。

侵入者を排除すべく進むゴーレムを見送りながらも、小森人は不安そうだった。

「でも相手は昨日の奴だよ!」

「ゴーレムの手首を落とした奴だよ!」

「もっともっと、強くしないと」

小森人が魔力を注ぎ込むと、ゴーレムはさらに大きくなっていく。

ずずん、と土煙を上げゴーレムは一歩踏み出す。

その身体は先日の十尺よりさらに大きな十五尺（約五メートル）。

小森人全員の魔力を得て、巨人は力強く吠える。

「――――ッ!!」

びりびりと空気が戦慄き、爆ぜた葉が舞い散る中、ゴーレムは往く。

侵入者を、リョウマを排除するために――


所変わって森の中。

リョウマはジュエ郎の指し示す方へ進んでいた。

「ぴー！　ぴー！」

ジュエ郎の反応が強くなっていく。

追跡はどうやら順調なようだ。

「しかしまぁ、敵はゴーレムだけじゃなさそうだな」

辺りには子供の足跡が散見していた。

無論、こんな場所に子供がいるはずがない。

となれば魔物、それも人型が少数存在しているのだろう。

人型の魔物は手強いのが通説。

その最たるものが魔族。人に仇なす邪悪な存在だ。

更にゴーレムの存在を考えれば、一筋縄ではいかないだろう。

「――!!」

遠く、離れた場所で響く咆哮はリョウマの知ったものだった。

「ぴー！　ぴー！　ぎー！」

ジュエ郎が慌てて飛び跳ねる。

ゴーレムがこちらに近づいているようだ。

「へっ、返り討ちにしてやらぁ」

距離は一丁（約一〇〇メートル）、いやもう少しか。

迎え撃つべく出来るだけ木々の少ない場所へと駆ける。

木々が多ければ刀を満足に振り回せない。森の中を駆けるリョウマは、すぐに御誂え向きの場所を見つけた。

よく目立つ巨石の上にて、リョウマは周囲を一瞥する。

「……よし」

見晴らしの良い高台、周囲は開かれており奇襲は不可能。

ここならばゴーレムとの戦闘に集中できる。

「いつでも来やがれ」

気を張り、構えるリョウマ。

漲る気に触れた小鳥がバサバサと飛び去る。

――そして、静寂。

ゴーレムの足音すら消えたその刹那、風切り音がリョウマの耳を掠める。
咄嗟に身を屈めたリョウマの頭上をへし折られた大木が通り過ぎた。
眼前では両腕にそれぞれ大木を握ったゴーレムが走ってくるのが見える。
「へっ、二刀流ってか？」
面白い、とリョウマは笑みを浮かべる。
ゴーレムの振り下ろす一撃に合わせ、凩を抜いた。
吹き荒れるつむじ風。
風の刃に切り裂かれ、ゴーレムの持つ大木が二つに割れる。
拙い剣だ、とリョウマは呆れる。
リョウマの故郷に無双を誇った二刀の剣士がいた。
真似ようとした者は幾多もいたが、まともに使えた者はついぞ見た事がない。
こいつも同じ、ましてや魔物に熟練を要する二刀を使えるはずがない。
「…………！」
と、思った瞬間である。
ゴーレムは割れて宙に舞う大木の破片を投げつけて来たのだ。
だが所詮は苦し紛れ。
軽く躱そうとしたリョウマだったが、ふと違和感に気づく。
（足が、動かねぇ!?）

即座に足元を見やると、いつの間にか太い蔦が巻き付いていた。

逃れようとするがゴーレムの投げつけた木片が迫る。

避けきれない、そう判断したリョウマは直撃を防ぐべく外套をなびかせた。

「〜〜〜〜ッ！」

どすどすどす、と重い衝撃がリョウマを叩く。

だが痛みに身体を折っている余裕はない。

外套の隙間からは、ゴーレムがリョウマへとまっすぐ駆けてくるのが見えていた。

「ぴぎ！」

ジュエ郎が粘液で足を絡めとる蔦を溶かす。リョウマは「ありがてぇ」と呟くと、蔦をぶちぶち引き千切った。

凩で斬り落とし、そのままゴーレムへ刃を走らせる。

逆袈裟に振るう刃の軌跡はゴーレムの上半身を裂く……はずだった。

その軌跡の間に、突如大岩が飛んでこなければ。

「また……ッ!?」

いつの間に、一体どこから飛んできたのか全く気付かなかった。

ぱっくりと割れた大岩の間から、ゴーレムの拳がリョウマのどてっぱらを突いた。

「か……はっ!?」

リョウマは苦悶の表情を浮かべ、受け身すら取る間もなく岩壁へ叩きつけられてしまった。

「やったよ！」

「ニンゲンめ！　ざまーみろ！」

森の木陰で小さな歓声が上がった
仕業の主は小森人たちの魔術である。

蔦を急成長させリョウマの足を絡めとり、大岩を飛ばしてゴーレムを守った。

これが魔術を使うゴーレムの正体。

確かにゴーレムは強い。

だがそれ単体であれば所詮一体の魔物……数で押せばどうという事のない相手である。

不可視から放たれる小森人たちの魔術。その不気味さが、ゴーレムを難敵足らしめていた。

(少し、可哀想)

エリザは呟く。

ニンゲンは邪悪だ。決して容赦などしてはならぬ、とは長老の教えだが、大人しい性格のエリザにはそれがよくわからなかった。

そうまでしてニンゲンと戦わねばならぬのだろうか。

こちらが攻撃をするから、相手の憎しみも増すのでは、というのがエリザの考えだった。

だがそんな事を言えるはずもない。

エリザはリョウマにとどめを刺すべく、ゴーレムに命じる。

――「行け」と。

「げほっ！　ごほっ、ごほっ！」

土煙の中、リョウマが立ち上がる。

思わず吐いた息には、赤いものが混じっていた。

とはいえ未だ戦意を漲らせるリョウマに、小森人たちは驚愕する。

「あ、あいつ立ったよ！」

「血を吐いてるのに！」

「ニンゲンじゃないよ！　化け物だよ！」

しかしリョウマとて無事ではない。

何とか立ってはいるものの、膝は震え、血も止まらない。

満身創痍……小森人たちもそうわかってはいたが、それでも立ち上がるリョウマが不気味で仕方なかった。

「で、でも流石にこれ以上は無理だよね」

「そうだよ。ニンゲンだって生き物だもの！」

「血を吐いたら死んじゃうよ」

囁き合う小森人たちに突如、リョウマの殺意が向けられる。

「……こそこそしやがって、なるほど？　テメェらが本体かよ」

編み笠を上げたリョウマの視線が、小森人たちを射抜いた。

焦った小森人たちは青ざめ、互いに顔を見合わせる。

「あいつ！　僕たちに気付いてる⁉」

「そんなはずはないよ！　馬鹿なニンゲンに見破られるわけない」

「そうだよ！　それにあいつをやっちゃえば関係ないよ！」

「いけ！　ゴーレム！　やっちゃえ！」

「――――――ッ‼」

咆哮を上げ、ゴーレムがリョウマへと迫る。

小森人たちの魔術により、リョウマの全身に蔦が絡まっていた。

動くことは不可能。ゴーレムはとどめを刺すべく拳を叩き下ろす。

「やっっったぁぁぁぁーっ！」

「ざまぁみろニンゲンめーっ！」

舞う土埃、響き渡る衝撃音。

小森人たちが勝利にはしゃぐ中、その一人が違和感に気付く。

リョウマを捉えているはずの蔦の手ごたえが、ない。

ゴーレムの一撃で吹っ飛んだか、それとも蔦が千切れてしまったか。

どちらにせよ問題はないはず……なのだが、引っ掛かる。

そしてその予感はすぐに現実のものとなった。

「…………ッ⁉」

ゴーレムの叩き下ろした拳の先にはリョウマの姿はなかった。

蔦を切り拘束を抜け出したリョウマが向かうのは、小森人たちの方である。

真っ直ぐ、自分たちの方へと走り寄るリョウマを見て小森人たちは震えあがった。

即座に魔術を放ち、必死の抵抗を試みるがリョウマが相手では分が悪い。

石のつぶても、木々の槍も、木の葉の目くらましも軽々と躱されてしまう。

「ご、ゴーレム！　私たちを守って！」

「――――ッ！」

エリザの命によりゴーレムは懸命に駆けてくる。

リョウマを襲った時とは比べ物にならない速さ。

それもそのはず。警戒や防御、攻撃すらかなぐり捨てて、速さのみを求めての全力疾走だからだ。

そしてそれこそが、リョウマの狙いである。

リョウマはニヤリと口角を歪めると、振り向きざまに一閃、凩を振り抜いた。

ずるり、と斜めに崩れ落ちるゴーレムの身体を見下ろし、リョウマは呟く。

「防御がお留守だぜ」

ゴーレムに使い手である小森人たちを守らせ、そこを斬る。

汚いと罵られても仕方のない戦い方だが、リョウマ自身、武士でも騎士でもない身分である。

凩を鞘に収めると、小森人たちの方へ向け声を上げる。

「さぁて……まだやるかい？」

「きゃゃあああ！」

リョウマの言葉にはっとなった小森人たちは、悲鳴を上げながら散り散りに逃げていく。

散っていく気配を確認しながら、構えを解いた。

これでいい。狙いはゴーレムのみ、無駄な仕事は非効率的だ。

——と、自分に言い聞かせながら踵を返す。

「はぁ、我ながら甘いな」

編み笠を被り直し、リョウマは山を下りるのだった。

そんなリョウマを後ろから見つめる男が一人。

男はリョウマがいなくなるまで見送った後、小森人たちが逃げた方へと足を向けるのだった。


「ねぇ、あのニンゲン追ってこないよ？」

「ほんとだ。諦めたのかな」

リョウマが追ってこないのに気づいた小森人たちの動きが止まる。

彼らは警戒しながらも集まり、相談を始めた。

「怖かったねー」

「ねー」

「ゴーレム、倒されちゃったねー」

「エリザ、大丈夫？」

「……」

　エリザは唇を噛み締め、両肩を抱き震えていた。

　その目には涙を浮かべている。

「エリザ、かわいそー」

「つらいよね、かなしいよね」

　小森人たちがエリザを囲み、口々に慰める。

　その中から進み出た長老も同じく、エリザの頭を撫でた。

「じゃが、エリザのおかげでワシらの命は守られた。礼を言うぞ」

「……ぐすっ」

　鼻をすすり、涙を拭き、エリザは長老にされるがままに俯く。

　気づけば周りの小森人たちも、泣いていた。

「さぁ帰ろう。ワシらの村へ」


　長老を先頭に、小森人たちは元来た道を戻る。

　村へ。着の身着のまま飛び出して来たので、家事や他の仕事もやりかけだ。

　皆が作業に戻る中、エリザは壊れたゴーレムがそのままである事を思い出す。

「私、ゴーレム取りに行かなきゃ」

「む、そうじゃったの。行っておいで」

「はい」

長老に別れを告げ、駆け出すエリザ。

ゴーレムが壊れたのはすごく、すごく残念だけれど、
それでもみんなを守れたのなら良かったと、エリザは思う。

何度も辺りを見渡しながら、森の中を進むエリザはついに壊れたゴーレムを見つけた。

「あった……！」

エリザは愛おしげにそれを抱き上げ、頬を擦り寄せる。

「がんばったね。みんなを守ってくれて、ありがとう」

先刻の戦いで疲れが出たのだろうか。エリザは目が眩んだ。

木にもたれかかるエリザだったが、疲労は濃くどうにも身体を動かせない。

ずるずると滑り落ちると、その場に座り込んだ。

「もう少しだけ、こうしててもいい……かな？」

村の外は危険だ。

外に出る場合は厳重な注意を。そして迅速なる帰還を、と長老には厳しく言われている。

でも今日くらいは構わないだろう。

だってゴーレムはこんなになるまで頑張ったのだ。

少しくらいゆっくりして行っても許されるはずだ。

「ね」

物言わぬゴーレムにそう言って、エリザは木の下に身体を横たえる。

先刻の戦闘で魔力を出し尽くした身だ。

消耗した小さな身体は休息を欲し、すぐにその意識を遠のかせていく。

エリザはゴーレムの人形を胸に抱き、くぅくぅと寝息を立て始めた。

小森人たちの村、彼らは普段の生活に戻りつつあった。

「おや、何か近づいてくるよ」

「エリザが帰って来たんだよ」

「お迎えに行ってあげようよ」

小森人の村に近づいてくる気配に最初に気づいたのは、外で遊んでいた子供たちだった。

ゴーレム人形を回収に行ったエリザだろう。

子供たちはエリザを迎えるべく、何の警戒もせぬまま気配に近づいていく。

「ほう、やはりいましたね」

子供たちが目にしたのはエリザではなく、ニンゲンの男。

男は魔物を連れ、鞭を手にした——魔物使いである。

浮かべた笑みの裏の残虐さに、子供たちは即座に気づく。

「ニンゲンだーっ！」

「逃げろーっ！」

大人に教わった通り、声を上げ蜘蛛の巣を散らすように逃げる子供たち。

だが魔物使いに追う様子はなく、それを見て舌舐めずりをするのみだ。

子供たちの向かう方向へ、小森人の村があると知っているからである。

追われているのにも気づかず、子供たちは村へとまっすぐ逃げ帰る。

「大変、大変！　ニンゲンが来ちゃったよ！」

「逃げなきゃ！　逃げなきゃ！」

子供たちが村中に触れ回り、大人たちにも動揺が走る。

皆、状況を確認する為に家から出て来た。

村中に不穏な空気が立ち込め始める。

「い、一体なんだってんだ？」

家から出てきた小森人がそう呟いた瞬間である。

その胸に一本の矢が突き立った。

「え……？」

そう声を漏らし、倒れる男の胸から噴き出る鮮血に全員の注目が集まる。

「おっと、やってしまいましたねぇ。いけませんよ殺しては」

「ブルル……」

茂みから姿を現したのは、魔物使いだ。

茂みの奥には弓を携えたケンタウロスが待機していた。

上半身は人型、しかし下半身は馬である。馬の走力に加えて弓の名手たる、厄介な魔物だ。

弓を構え、一斉に引き絞る。

一瞬の静寂は、彼が地に倒れ臥すと同時に終わりを告げた。

「きゃあああああああああッ!!」

悲鳴が上がる。

矢が降り注ぐ中、逃げ惑う小森人たち。

「殺してはいけませんよ。あくまで威嚇のみです。彼らは貴重な売り物なのですから」

魔物使いがそう告げると、ケンタウロスは狙いを小森人たちから家へと変えた。

火矢が刺さると火が燃え上がり、辺りは一面炎に包まれる。

「いやっ！　助けてっ！」

「こわいよー！　いたいよー！」

一変、小森人たちは騒乱に目を回していた。

小森人は好奇心旺盛で臆病、そして精神的に未熟な者が多く、パニックになるとそれは大きく伝播する。

しかも普段であれば自分たちを守るゴーレムがいるが、いまは壊された直後だ。

まともな神経をしている者は誰ひとりとして、いなかった。

ただ一人、長老を除いては。

「落ち着くのじゃ！　皆の者！」

しっかりと響く声に、全員がハッと我に返る。

静まる皆に長老は続ける。

「こういう時こそ焦りは禁物じゃ。落ち着いて、皆で逃げよう」

ゆっくりと、あやすような長老の口調。

全員の目を順々にまっすぐ見つめ、そう説いていく。

流石は年の功と言ったところか。皆に安堵の表情が宿り始める。

「さぁ、まだ間に合う」

「し、しかしまだ、エリザが！」

ひとりの言葉に長老は顔を歪めた。

確かにゴーレム人形を取りに行ったエリザは、未だ戻らずだ。

しかし、待っている余裕などはない。

既に敵はすぐそこまで迫っているのだ。

「……残念じゃが放っておくしかない。我々もすぐに逃げねばひとり残らず殺されてしまうじゃろう」

「しかし！」

「ならぬ！」

長老の強い口調に、これ以上逆らう者はいなかった。

誰も彼も、本心では長老が正しいと思っていたからだ。

「さぁ、行こう」

「……」

重い足取りで村の外へと歩き始める小森人たち。

せっかく見つけた安住の地を追い出され、悔し涙を流す者、怒り狂う者、未だ状況がよくわかっていない者……

全員を引き連れ、長老は先頭に立ち、導いていく。

「そうは行きませんよ」

村の出口、すぐそばまで来た彼らの前に立ち塞がったのは、一人の人間と一体の大きな魔物。

一人は言わずもがな、魔物使いである。

そして一体はミノタウロス——牡牛の頭に人の身体を持った魔物である。

両手に持った斧は、小森人の身体よりも遥かに大きかった。

震えあがる村人をかばうように、長老はミノタウロスの前に立つ。

「貴様……さっきの男の仲間か！」

「さっきの……？　あぁ彼は全くの無関係ですよ。ただ貴方たちのゴーレムは非常に厄介なもので、他の冒険者に戦ってもらっただけです。倒せれば結構、倒せずとも大ダメージを与えればまた結構……愛しい息子たちを無為に傷つけたくはありませんからねぇ」

「ブルルルル……！」

魔物使いが背を撫でると、ミノタウロスは興奮したように戦慄いた。

その目は凶暴なまでに赤く燃えている。

身体中から漲る気に、村人たちは怯え竦み動けなくなっていた。

こいつをなんとかせぬ限り逃げられぬ、と長老は悟った。

「皆！　ここはワシが食い止める！　散り散りに逃げよ！」

「長老……皆で戦えば……」

「いいからはよう行け！」

長老にはこの化け物が、全員で戦おうとも勝てぬ相手だと悟った。

そして自分が皆の逃げる時間を稼ぐしかないことも。

老骨に鞭を打ち、操魔術を発動させる。

それを受けた周りの枝々がふわりと浮き上がった。

無数の枝槍がミノタウロスの顔面目がけ、放たれる。

——取った！　長老の確信は、すぐに絶望へと変わる。

「ブルル……」

ミノタウロスの顔面を貫くはずだった枝槍は、かざした手によりやすやすと掴み取られ、握り潰されてしまった。

パラパラと落ちる木片に目を奪われ、皆の動きが止まった。

「何をしておる！　はよういけ！」

「……ッ！　わ、わかりました！」

声を荒げる長老に、今度こそ全員が逃げ始めた。

それでいい。ワシの分まで強く生きろよと、茂みに飛び込む村人たちを見送る長老。

「さて、ワシはワシの果たすべき仕事をこなすとするかの……！」

「ブルルォォォォォ!!」

雄たけびを上げるミノタウロスと相対する長老。

自分はもう十分に生きた。もうここで終わってもいい。

覚悟を胸に、長老はミノタウロスに向かっていく。

❖

（まぁ、よくやった方じゃろ）

ミノタウロスに負け、倒れ伏す長老だったが後悔はなかった。

老いさらばえて死を待つこの身と、村人全員の命が引き換えだったのだ。

満足げに笑みを浮かべる長老を、魔物使いは不思議そうに見ていた。

「何が面白いんでしょうかねぇ。この爺は」

「ふっ、貴様にはわからんじゃろうな」

「そうですねぇ。わかりません」

欲にまみれた人間に、我らの気持ちなどわかろうはずもない。

清々しい笑みを浮かべる長老を見て、魔物使いはなおも不思議そうな顔をしている。

「だってあなたは身を挺して仲間を逃がそうとしたのでしょう？　それが失敗に終わったというのに、一体何が面白いのでしょう」

「何……!?」

魔物使いの視線の先で、縛られた小森人が森の中より連れてこられる。

一人、また一人と、逃げたはずの仲間たちが次々と。

そのたびに長老の顔が絶望に染まっていく。

「そ、んな……？」

「折角手をかけて手に入れた小森人の村……一匹たりとも逃すわけないでしょう？　私の配下には村を囲うよう命じておいたのですよ」

愕然とした表情を浮かべる長老を見て、魔物使いは嗤う。

全員が捕まるまでさほど時間はかからなかった。

「長老！　助けて！」

「ここからだせーっ！　ばかやろー！」

檻に閉じ込めた小森人たちは、懸命に声を上げ暴れる。

鋼の檻はそう簡単に壊れるようなものではないが、少々耳に障る。

「……少々うるさいですよ。お前たち」

そう言って魔物使いは鞭を振り下ろす。

振り下ろしたその先は、長老の親指の爪、であった。

爪片がはじけ飛び、小森人の手のひらに収まる。

「うぎぁぁぁぁぁぁぁぁあぁッ!?」

「長老！　長老ッ！」

「だから、うるさいですって」

再度、振り下ろされる鞭の一撃で長老の人差し指の爪がはじけ飛んだ。

「あぐ……ゥぅぅぁあああああッ!?」

「音を立てるたびにこの爺に傷をつけていきます。騒ぎたければどうぞ、ご自由に」

「…………！」

口に手を当て、押し黙る小森人たち。

長老だけを敢えて檻に入れなかったのは、見せしめにして彼らを大人しくするためだ。

まさに狙い通り、精神的に屈服した小森人たちは魔物使い相手に何も言えなくなっていた。

「怯えるな！」

ぴしゃりと響く長老の声に、小森人たちは我に返る。

長老は息を荒げながらも、小森人たちを真っ直ぐに見据えた。

「ワシのことなど気にするな……お前たちは生きろ。生きてさえいれば、きっと助けは来る……！

希望を信じて待つのじゃ！」

「ち、長老……」

そのつぶやきと同時に、長老の中指の爪がはじけ飛んだ。

「はい♪　また爪が消えてしまいましたねぇ」

邪悪な笑みを浮かべ魔物使いは、手にした鞭をしならせる。

彼らの配下たる魔物でさえもその光景を見て震えあがっていた。

魔物を屈服させ、従わせる魔物使い――その真骨頂がここにあった。

（エリザ……お前だけは、どうか捕まらんでくれ……）

長老の祈りがむなしく響く。

この日、小森人最後の村が消えたのである。

「……あ、寝ちゃってた」
まだ眠い目を擦りながら、エリザは立ち上がる。
空を見上げると日が傾き始めていた。
明らかに寝すぎた事に慌てたエリザは、人形を抱え村へと走る。

「……でも、おかしいな」

子供たちが迷ったり、時間を忘れて帰らなかったりしたら、毎度大人たちが血相を変えて探しに来たものだ。

それが何故、今回は探しに来なかったのだろう。

最初はただ不思議に思っていたエリザだったが、疑問は次第に不安に、そして焦りに変わっていく。

先刻のリョウマとの戦いを思い出す。

もしかしてあのニンゲン、帰ったふりして私たちを追い、村を見つけて襲ったのではないか。

小走りだったエリザは、ついには駆け出した。

——お願い、無事でいて、みんな。

そう祈りながら。

「この林を抜ければ……！」

木々の間を駆け抜け、丘の上に辿り着く。

切らせた息を整えながら、エリザが見下ろすのは……既に廃墟と化した村であった。

「み、んな……？」

抱えていた人形がエリザの手元から滑り落ちる。

慌てて拾い直し、坂を駆け下りるエリザ。

「みんなーっ！　どこにいるのーっ！」

懸命に声を上げるが答えは返ってこない。

未だ死体の一つすら見えないのは、彼女にとって幸か不幸か。

「……ッ!?」

エリザの視界に何か、不可解なものが映る。

不可解……そうとしか言いようがない、物体。

元は人間だったであろう、残骸。


ズタズタにされた胴体の周りには、同じくぼろきれのように捨てられた手足のようなもの。

更にその爪は一枚一枚丁寧にはがされている。

腹についた傷跡からは臓腑が引きずり出され、獣が荒らした跡が見えた。

恐怖に怯えたまま固まった死顔の主は——長老である。

エリザの腹の中から熱いものがこみ上げてきた。

口を手で押さえるも、こみ上げてくるものは止まらない。

びしゃびしゃと吐瀉物をまき散らす。

嗚咽、慟哭……小さな肩を震わせ、ただただむせび泣くエリザ。

「……！　……！」

感情を言葉にしようとするエリザだが、それすらも叶わなかった。

ぐしゃぐしゃの、形を失った言葉が小さな口から零れ落ちていた。

何と無残な事をするのだろうか。

やはり自分は甘かった。長老の言ったことが正しかったのだ。
ニンゲンは外道で、悪魔で、鬼畜で、下劣で……
「許せない……」
ようやく絞り出した言葉は、怨嗟に満ちていた。
噛みしめた唇から、つうと赤い筋が垂れる。
エリザは魔術の才能こそあれ、気弱で大人しすぎるとよく言われていた。
自分自身もそうだと思っていた。
自分で戦うのは怖い……だからゴーレムに戦わせていたのである。
そんなエリザの、初めての殺意。
「殺してやる……っ！」
エリザの目に、復讐の炎が燃え上がっていた。

一方、リョウマはゴーレムを倒した報告に、村を訪れていた。
そこで待ち構えていたのは村を挙げた大歓迎。
これで往来が平和になると、村人たちは涙を流し喜んでいた。
そんな中、リョウマはちびちびと酒を飲むだけであったが。

翌日、リョウマは街へ帰ることにした。

「本当にお世話になりました！　何とお礼を言っていいか……」

「いや、仕事をしただけさね。そうまで気を遣わんでくれよ」

「是非、またお立ち寄りを……」

「気が向いたらな」

リョウマが立ち去るのを、村人たちは全員で、その姿が見えなくなるまで見送っていた。

彼らの過剰な感謝にため息を吐きながらも、リョウマはふと疑問に思う。

「そういえば魔物使いのヤロウ、村にいなかったな」

「ぴー」

リョウマの独り言にジュエ郎が首（？）を傾げて鳴いた。

もう帰ったのだろうか。あの口ぶりならもう少しいそうなものだったが。

まぁ自分には関係のない事……そう考えた時である。

リョウマはこちらに近づく気配に気づいた。

警戒するリョウマに、相手は漲るほどの殺気を放ちながら、近づいて来る。

それも単独……先日の輩とは明らかに違った。

迎え撃つべくリョウマも立ち止まる。

一陣の風が吹き抜け、木の葉が舞い上がった。

「死ねっ！」

――子供の声だった。

気づくと同時にリョウマの足元に大きな影が生まれる。

見上げたその先には巨石が浮かんでいた。

それが、墜つ。

ずずんと土煙を上げる巨石を見て、少女が森の中から進み出た。

「やった……！」

言葉の主はエリザだった。

あの後、リョウマを探し村へと来ていたのだ。

流石にあれだけの村人たちがいる中で襲い掛かるわけにはいかず、一人になるのを待っていたのである。

そして訪れたチャンス、エリザは迷うことなく実行に移した。

（ニンゲンを殺した……！　初めて……！）

乱れた呼吸を整えようと胸に手を当てる。

だが鼓動は収まるどころか、更に早く脈打つのみだ。

どくどく、どくどくと、早鐘を鳴らすように。

直接戦うことが苦手なエリザはゴーレムを使い、それでも殺すのは躊躇われ、今まで自分の手を汚したことがない。

殺意を持って人を殺したのは、生まれて初めてである。

その事実がエリザの正気を奪っていた。故に気付かない。背後に立つ人の気配に。

「――まぁ、この程度で殺されるわけはねぇよな」

気配はエリザの後ろから声をかける。

不意打ちとはいえ素人まるだしの一撃を喰らうような鍛え方はしていない。

咄嗟に躱し土煙に紛れ、隙だらけのエリザの後ろへと潜り込んでいたのだ。

その手に握られた凧は、エリザの首筋に当てられていた。

「……！」

薄緑のきれいな肌から赤い筋を垂れる。

言葉を失ったエリザにリョウマは続ける。

「子供か。一応聞くがどうして俺を狙った？」

「………」

その言葉には強い殺意が込められていた。

リョウマにとっては自分を狙う相手であれば女子供であろうと、倒すべき敵だ。

容赦するつもりなど毛頭なかった。

「ただ普通の人間じゃねぇようだな。緑色の髪に肌……おまえさん、どこか魔のニオイがするぜ」

エリザは答えない。答えられない。

仇であるリョウマへの恐怖と殺意が渦巻き、言葉を失わせていた。

「答えないか。別に構わんがね……じゃあ死にな」

リョウマはエリザの返答を待つことをやめ、そのまま凩を滑らせ喉を掻っ切ろうとした。

だがエリザは決死の覚悟でリョウマの手に噛みつき、怯ませた。

「……っ!?」

普段であればこの程度、軽く躱していたであろう。

だが子供相手という事もあり、やはり僅かに油断をしていたのだ。

その隙に逃れたエリザは、憎き仇であるリョウマを睨み付ける。

「あなたが……あなたが村のみんなを殺したんでしょうッ！　許さない！　殺してやるッ！」

「はぁ？　何を言って……」

言いかけたリョウマだったが、エリザが抱える人形に気付く。

それは間違いなく、リョウマが斬ったゴーレムだった。

だが村のみんな、とはどういう意味だろうか。当然リョウマに覚えはない。

「殺してやる……どこまでも追いかけて、必ず殺してやる……！」

「おまえさん、何か誤解を……」

言いかけたところで木の葉が舞い上がる。

それも尋常ではない量。木の葉はエリザを覆い隠してしまった。

しばらく続いた木の葉の嵐は次第に収まり、エリザの姿は消えていた。

「気配もねぇ……か。逃げたな」

だが確実にまた来る。リョウマはそう確信していた。

あの殺意に満ちた目……すんなりと収まりがつくとは思えない。

「降りかかる火の粉は払う……が、どうにも妙な感じがしやがるぜ」

編み笠についた木の葉を払いながら、リョウマは山を下りるのだった。

山道を降りたリョウマは街へと帰り、ギルドへと依頼完了の報告に来ていた。

「お帰りなさい。仕事は終わったようですね」

ギルドの玄関に植えられていた花に水をやっていた受付嬢に出迎えられる。

相変わらずの無表情だが、そんな受付嬢がリョウマにあの紹介状を書いたのだ。

腕は確かで？　すぐにでも銀に上り詰めると？

リョウマは内容を思い出し、むずがゆくなる思いだった。

じっと顔を見つめられ、受付嬢は少し不機嫌そうな顔をした。

「どうしました？　私の顔に何かついています」

「いやぁ何も？　綺麗なお目めと可愛いお口がついてるくらいさ」

「……そういう軽口、似合いませんよ」

受付嬢の声には、明らかに不機嫌さが混じっていた。

しまったなとリョウマは舌を打つ。

どうにも女心ってやつはわからねぇ、と。

女心は秋の空、そんな言葉を故郷の妹からよく聞いていた。

「正式な確認をいたします。中へ入って少々お待ちください」

そう言うと受付嬢は手にしていた如雨露を仕舞い、ギルドへと入っていく。

カウンターでしばし待たされたリョウマは、受付嬢から報奨金を受け取る。

「お待たせしました。討伐、確認しました。おつかれさまです」

「ありがとさん」

「……おや、もうお帰りですか？」

金額を改め、すぐに帰ろうとするリョウマを受付嬢は呼び止めた。

「そうだが……どうかしたのかい？」

「いつもであれば新しい依頼があるか、掲示板を眺めているので」

「そういう気分じゃねぇだけさ」

そう言って踵を返すリョウマの背中を、受付嬢はしばらく見ていた。

そんな様子を遠くから眺めていた者がいた。

槍使い、ドレントである。

「よぉ受付嬢さん。そんなに異国のが気になるのかい？」

「ドレントさん。べ、別に、私は……」

「へへ、珍しくどもっちまって、可愛いじゃねーの」

「……怒りますよ」

ニヤニヤ笑うドレントを、受付嬢は睨みつける。

吹雪舞う氷山が如き、視線。

そのあまりの冷たさに、からかった事を即座に後悔するドレントであった。

「……さーせん」

大人しく頭を下げるドレントを見て、周りの冒険者たちはどっと沸いた。

「……なんなんだろうね、あいつらは」

無視してギルドを出たリョウマの耳に、彼らの騒ぎ声が未だ届いていた。

それにしてもあの二人、妙に自分に突っかかってくるのはなぜだろうか。

どうにもリョウマには不思議だった。


「さて、どうしたもんか」

先日の少女に狙われている身としては、さっさとケリをつけたいものだ。

帰りがてらにもう一度仕掛けてくれれば楽だったのだが、幸か不幸か結局街まで無事辿り着いてしまった。

「どうにかしておびき寄せるか、もしくは向こうから来るのを待つかねぇ……ん？」

ふとリョウマの目に、魔物使いの姿が映る。

そして彼の引く檻の付いた荷車の中に子供の姿を見つけた。

緑色の髪、肌を持った子供……リョウマを襲った少女と同じ種族だった。

「おい、魔物使い！」

リョウマは思わず駆け出し、声をかけていた。

魔物使いはにこやかな顔でそれに応じる。

「何ですかな？」

「……その子供について聞きたい事がある」

「お教えするような事は何もありませんな。それでは」

取りつく島もなく立ち去ろうとする魔物使いの前に、リョウマは回り込む。

はいそうですかと引くくらいなら最初から声をかけてない。

魔物使いは呆れた様子でため息を吐いた。

「……あなたは一体、なんなんですかな？　私は忙しいのですが」

「その子供をどうしようってんだい？」

「子供？　これは魔物ですよ。小森人というのです。面白いでしょう？　これでも大人なのですよ」

見れば檻には十人以上の小森人たちが捕らわれている。

その時、リョウマの思考が繋がった。

山道を付いてきていた気配の主はこの魔物使いだったのだ。

小森人を捕えるため、その邪魔となるゴーレムを誰かが倒すのを待っていたのだ。

その為にあの村へ足を運んでいたのである。

魔物使いはまんまと小森人たちを捕え、一人だけ難を逃れたあの少女がリョウマの仕業だと勘違いし命を狙ってきたのだろう。

「では、急いでいるので……おい、行け」

小間使いはリョウマに頭を下げ、檻の付いた荷車をまた引き始める。

それ以上リョウマが口を出すことは出来なかった。

何せここは往来、それに魔物使いは別段「悪い事」をしているわけでもない。

騒ぎを起こした場合、どちらが悪者にされるかは言うまでもない。

リョウマは魔物使いを見送るしかなかった。

「……胸糞のわりぃ」

宿に帰ったリョウマは荷物を放り投げ、ベッドへ腰を下ろす。

魔物使いの奴、あの小森人を他の魔物と同じように扱うつもりだろう。

鞭で殴り、剣で斬りつけ……見た目は殆ど人間。しかも見た目は子供である小森人たちに。

だがそれでも、自分には関係のない事だ。関係ない、そのはずである。

そう自分に言い聞かせ、リョウマは無理やりに目を瞑る。

❖

――夜、小さな影が宿へ侵入していた。

エリザである。

廊下を歩くも木が軋む音はなく、誰も目を覚ます様子はない。

足元に纏わせた木の葉を操ってわずかに浮く事で音を消しているのだ。

小さな身体、そして高度な魔力操作が出来るからこそ可能な技である。

「ここね」

エリザはそう呟くと、リョウマの部屋の前で立ち止まる。

昼間のうちにリョウマの行動を探っておいたのだ。

彼のいる宿を、部屋を突き止め、夜確実に殺すため、である。

人の多く住む街故、遠くから、しかも隠れながらの追跡であったがどうにかエリザは目的を達した。

「やっと、殺せる……！」

ドアノブに手をかけるエリザの動きが止まる。

気づけば手は震えていた。

未だ、人を殺すという行為には抵抗があった。

もう一方の手で震える手を押さえ、ゆっくりと扉を開けていく。

ベッドに見つけた膨らみは、あのニンゲンに相違ない。

手にしたナイフを強く、強く握りしめ、思い切り振り下ろす――

「やっぱり来たか」

「ッ!?」

後ろから聞こえる声にエリザの身体はびくんと震える。

振り返りエリザが見たのは、壁にもたれかかったリョウマの姿。

「あ、あなた……！　気づいていたの!?」

「あれだけ殺気を放たれちゃあね。気づくなって方が無理ってもんだ」

「くッ！」

やぶれかぶれでナイフを構え、突進してくるエリザ。

リョウマにとっては何ら脅威足りえない攻撃。

軽くいなすと、なお暴れようとするエリザを押さえつけて縄で縛りあげてしまった。

「くそっ！　殺してやる！　絶対殺してやるッ！」

「物騒だねぇ……ちょっとだまりな」

「んぐ～っ！　むぐ～っ！」

エリザの口を押さえつけると、リョウマは猿轡を噛ませる。

ここで騒ぎを起こせば大変だ。

エリザをひょいと抱え上げ、宿の外へ出ていく。

（人気のないところで殺すつもりなんだ）

そう悟ったエリザの目が涙で滲む。

自身の弱さに、無力さに、そして無念さに。

（私は殺されるんだ。みんなの仇を討てぬまま……ごめん、みんな……）

街の外へと出たリョウマは、エリザの猿轡を外した。

縄はそのままで、転がされる。

「こいつは借りるぜ」

リョウマはそう言ってエリザからナイフを取り上げると、くるくると手で弄ぶ。

あぁ、私はここで殺されるんだ……

死を覚悟し目を瞑るエリザ。……だがいつまで経ってもナイフが自身の身体に食い込む事はない。

「……?」

不思議に思い目を開けると、何とリョウマはそのナイフで野菜を、肉を刻んでいた。

それを手鍋に入れて炒め始める。

エリザの頭は突然の事態についていけない。

「何を……してるのよ……?」

「腹が減ったからな。夜食を作ってるんだ」

聞きたかったのは当然、そんな答えではない。

だがリョウマに真面目に答える気はなさそうだ。

縄で体を縛られたエリザには、それを見ている他なかった。

「ごま油で風味をつけて、ニラも入れちまう。あとはぐちゃぐちゃっと炒めて卵を入れて……完成だ」

リョウマが作ったのは焼き飯だ。

熱々のそれを皿によそい、おもむろに食べ始めた。

「ん、美味い！　いい味だ」

心底美味そうに食べるリョウマに、エリザは釘付けだった。

無論、腹が減っているからである。

そういえば昨日の朝から何も食べていないのを思い出した。

途端、ぐるぐると鳴る腹の音。

（情けない……！）

仇を前にして無様に腹を鳴らす自分が憎くて仕方なかった。

押さえようと頭で腹を殴りつけるが、そんなもので止むようなものではない。

その情けなさ、惨めさに、気づけばまたエリザは涙を流していた。

「……あー食った食った、これ以上は食えねぇな」

リョウマはわざとらしく呟くと、エリザの前に焼き飯がたっぷり入った皿を寄越してきた。

香ばしい香りがエリザを包む。

気づけばエリザの口元から、たらりと涎がこぼれ落ちていた。

「……ッ！」

だがエリザとて、易々と仇に懐柔されるつもりはない。

ない、のだが。

その心は激しく揺さぶられていた。

「んじゃ寝るわ」

エリザの動揺を知ってか知らずか、リョウマはそう言うと横になり、すぐに寝息を立て始めた。

(寝たふり……いや、完全に眠っている……!)

食べるべきか、食べざるべきか…数秒間の葛藤の後、天秤はあっさりと食べる方へと傾いた。

かぶりつく様にしてリョウマの作った焼き飯を食べるエリザ。

焼きたてのご飯はすごく熱い。

本来は猫舌のエリザだったが、空腹の方が遥かに勝っていたようだ。

はふはふと口の中を冷ましながら喉に押し込んでいく。

「……はふぅ」

至福の吐息がエリザの口から漏れた。

こんな美味いものは初めてだ。

空腹である事を差し引いても、エリザが今まで食べた中で圧倒的に美味い。

至福の余韻に、しばし浸る。

「こいつは寝言だが」

リョウマが向こうを向いたまま、そう呟いた。

一瞬驚いたエリザだったが、そのまま聞いてみる事にした。

どうにもこの男、仇というには様子がおかしい。

「俺はお前らの仲間を見た」

「！　ど、どこで!?」

寝言、とのリョウマの前振りを無視し、食いつくエリザ。

リョウマはそのまま続ける。

「デブの魔物使いだ。奴が俺の跡をつけ、村へ攻め入ったのだろうよ。昼間にお前の仲間を連れ歩いていたぜ」

「……！」

それを聞き、エリザは息を飲む。

リョウマが仇ではなかったこともそうだが、仲間たちがまだ生きているという事実。

今まで沈んでいたエリザの目に、光が宿る。

「本当!?　本当なのね!?」

「……むにゃむにゃ」

そういえばこの男、寝言とか言っていたか。

あまりにもわざとらしい寝たふりに思わず吹き出すと、エリザは足元の石ころを操作し縄を断ち切った。

「——ありがとう」

そして寝たままのリョウマに、ぺこりと頭を下げる。

自由となったエリザは、晴れ晴れとした顔でその場を立ち去るのだった。

「……危ういな」

ゴロンと寝返りを打ち、街へ行くエリザを見送りながらリョウマは呟く。

あの少女、魔術師としては悪くないが如何せん性格が戦闘向きでなさすぎる。

恐らくあの魔物使いには敵わないだろう。

無論、自分とは関係のない事である……が。

「やれやれ」

リョウマは立ち上がりため息を吐くと、宿とは反対の方へ足を向けるのだった。

五・魔物使いと小森人、そして冒険者。

数日後、エリザは魔物使ぃの屋敷を見つけた。

確かにリョウマの言う通り、屋敷には仲間の小森人が捕らえられているようだ。

檻付きの荷車が何度か出入りするのを見たのである。

「でも、ちゃんと助け出せるかしら……」

屋敷は高い塀で覆われ、中には魔物が放し飼いにされていた。

玄関こそニンゲンが番をしているものの、他の勝手口や裏口は全て屈強な魔物が交代で番をしていた。

侵入は困難、仲間を連れての脱出はもっと、である。

「もう少し、中の様子がわかればなぁ」

遠くから監視するのが精一杯で、エリザは近づくことも出来なかった。

これじゃあ、いつまで経っても皆を助けるなど出来はしないだろう。

落胆するエリザだったが、全くの無策というわけでもなかった。

「あ、ちょうどいい風……!」

エリザは精神を集中させ、舞う木の葉に意識を乗せる。

木の葉は屋敷の窓から部屋を抜け、廊下を通り、階段を下り、そこから東、壁に当たり地面に落ちた。

すぐさま紙を取り出したエリザは、そこへ何やら書き込んでいく。

紙に描かれているのは屋敷の見取り図。

エリザが行なっていたのは屋敷のマッピングである。

屋敷へ舞い込んだ木の葉の動く方向をある程度魔力で制御し、その触れる感覚で壁の位置を把握していたのだ。

気の遠くなるような作業、だがある程度屋敷の見取り図が完成していた。

「一階は小部屋が殆どだから檻を入れてるスペースは多分ない。二階の大部屋かもしれないけど、人の出入りがなさすぎるから違う……となると、地下かな」

エリザは各部屋に木の葉を隠している。

そのうちの一枚、一階の小部屋に忍ばせた木の葉が、時折風もないのに大きく揺れていた。

不自然な風の流れ……地下室の可能性は大いにある。

だがこればかりは侵入して見ないとわからない。

とはいえこれ以上時間をかけると、仲間たちが……

「行くしかない、よね」

決行は今夜、エリザはそう覚悟を決めた。

屋敷を見渡せる大木にて待機する。

日は暮れ、月が顔を覗かせ始めた。

——まだ、早い。

屋敷の明かりが消え始める。

――まだ、早い。

もう少しだけ待つ。住民が寝静まったのを見計らい、エリザは跳んだ。

ふわりと浮かんだまま、エリザは夜空を滑空する。

その手に持つのは大きなフキの葉だ。

強度を上げ、風をよく受けるよう操作したフキの葉は容易にエリザを屋敷まで運んだ。

ベランダへと辿り着いたエリザは、足に纏った木の葉で音もなく着地し、窓へと手をかける。

「よいしょ……っと」

昼のうちに鍵穴へ仕込んでおいた枝を引き抜くと、鍵が外れた。

中に人がいないのを確認し、窓を開け中に入る。

(侵入成功……と)

月明かりもない夜だが、ずっと外にいたため目は慣れている。

廊下を渡り、まっすぐに階段を降りたエリザは一階へ辿り着く。

部屋には高価そうな調度品が並び、中央には大きな絨毯が敷かれていた。

(この部屋だ、間違いない!)

絨毯を剥ぎ取ったエリザが見つけたのは、地下室への階段である。

息を殺し、階段を降りて行くエリザ。

足音を殺していても軽く響く音に怯えながらも、仲間を助けるため、勇気を振り絞る。

階段を降りたそこは、石畳の敷き詰められた空間が広がっていた。

かなり広い……そしてエリザの予想は見事に当たっていた。

地下室には檻に囚われた魔物が多種、存在していた。

「グルォウ！　ガオォ！」

「ギャウ！　ギャァァァァアウッ!!」

エリザに気づいた魔物たちは怯えるように檻の隅へと逃げ出した。

ここらでは見ないような、かなり強そうな魔物までもである。

あまり声を出されるとまずい。人差し指を立て「静かに」とジェスチャーするも、魔物たちは震え怯えるばかりだ。

（あの魔物使い……そこまで恐れる相手だって言うの……？）

とてもそうは思えない、愚鈍そうな男だった。

それでも男の細い目から時折除く鋭い眼光を思い出すと、それも納得できた。

冷や汗を垂らすエリザだが、立ち止まってもいられない。

足早に奥へと進んで行く。

道中に見た魔物はいずれも怯え竦むものたちばかり。

拍子抜けするほどあっさり進めてはいるが、その分仲間たちが無事かどうかが気にかかった。

（無事でいて……みんな……！）

祈りながら走るエリザの目に飛び込んできたのは、大きな檻である。

中にいるのは見知った姿……仲間たちだ。

目立った外傷はなく、皆、生きている。

それを見たエリザは、へなへなと崩れ落ちた。

「よかったぁ……！」

勿論、ふにゃついている暇などない。

エリザは立ち上がり、仲間へと声をかけた。

「みんなお待たせ、助けに来たよ」

「………」

だが小森人たちはエリザの言葉に答えない。

ぶつぶつと、何か独り言を言っているようだった。

不思議に思いながらも何らかのショックを受けているのだろうと考えたエリザは、ゴーレム人形を檻の中へと放り投げた。

「今、出してあげるね」

エリザが魔力を注ぎ込むとゴーレムは巨大化し、そのまま檻を破壊した。

「みんな！　早く！」

エリザは皆に逃げるよう促す。

だが、誰一人として動こうとしない。

「ちょっと、どうしたの？　早く逃げなきゃ！」

「………」

「ガイアス！　ルリア！　ヴィストン！　キャナリー！」

友達の名前を呼ぶが、反応はない。

「メリーさん！　ニアさん！　お父さん！　お母さん！」

近所のおじさんおばさん、そして両親を呼ぶも、やはり反応はなし。

「…………」

「みんな……みんな、どうしちゃったのよっ⁉」

それでも必死で呼び続けるエリザは気づかない。

そのすぐ後ろに忍び寄る影に。

影はエリザの背後に立つと、おもむろに声をかけた。

「無駄ですよ。お嬢さん」

振り返りエリザが見たのは、魔物使いだった。

「……ッ！　ゴーレムッ！」

「――！」

飛び退き身構えるエリザの前に立つゴーレム。

だが魔物使いは動じる様子はない。

「ゴーレムね……中々手こずらせてくれましたが、今となってはどうということはない相手です。何せ見えている本体を押さえればいいだけの話ですから」

「何を言って……？」

「――行け」

魔物使いの言葉に応じるように、小森人たちは檻から出てエリザにのしかかり始める。

手を、髪を、足を、十数人に押さえられ、エリザはあっという間に動けなくなってしまった。

「みんな！　やめて！　離してよッ！」

「…………」

彼らはやはり無言。

その生気のない目に、エリザは竦んだ。

少なくとも仲間に向ける目ではない。

自分の見知った仲間の目では……

「ニンゲン！　みんなに何をしたの!?」

「くく、単なる調教ですよ」

魔物使いが鞭をしならせると、全員が魔物使いの方を注目した。

その目には、およそ意志というモノは感じられず――

まさしく操り人形が如く。完全に魔物使いに操られているとエリザは感じた。

魔物使いは愕然とするエリザを見て、にやりと笑う。

「魔物も動物も同じ、飴と鞭で上下関係をしっかりとその心に刻み付ければ、ちゃんという事を聞くようになるものです」

魔物使いは説明を省いたが、他にも使ったものがある。

様々な毒草と薬草を調合し、魔物用に作りだした、いわゆる麻薬。

血管に直接注入することで幻覚効果を引き出し、依存性も高く、常用することで脳細胞をも破壊するのだ。

それは小森人たちの未熟な脳を容易く破壊し、魔物使いを新たな主として認めさせた。

彼らが慕っていた長老を目の前で無残に殺したのも大きい。

強いショックはより、薬の作用を深める。

「なんて……何てことを……！」

「まぁ口まで利けなくなったのは誤算でしたがね。これでは芸の幅が狭まってしまいますよ」

「私たちに何の恨みがあって、こんな事をしたのッ!?　答えなさいよ！」

「恨み……？　恨みですか？　ふむ」

エリザの問いに魔物使いは、顎に手を当て考え始める。

「そのようなものはありません。ただ単に金の為にです。知っていますか？　あなた方はとても珍しい種族だ。とてもお金になるのですよ」

「金……？　そんなもののために、私たちを……!?」

「何をおっしゃるやら。普通の冒険者なら理由なく殺して終わりなところを、私は生かしてあげているのですよ。感謝されこそすれ、恨まれる言われはありません」

心底不思議、とでも言いたそうな魔物使いの顔がエリザの怒りを燃え上がらせた。

心を壊され、仇の操り人形のようにされるなんて……こんなもの、殺す以下ではないか。

「許せない……！　許せない……ッ！」

「はは、そこのお嬢さんも同じことを言っていましたよ」

魔物使いが顎で指したのはエリザを押さえつける女性だ。

彼女はエリザが姉のように慕っていた女性。

いつも花のように笑い、皆の人気者だった。

しかしそんな彼女の面影はもはやない。

虚ろな目でエリザを見下ろすのみだ。

「さて、もういいですかな？」

魔物使いが取り出したのは、一本の注射器だった。

「これを使えばお嬢さんもみんなの仲間になれますよ」

エリザの首筋に、針が押し当てられる。

「いやっ！　いやぁぁぁぁぁ！」

じたばたと暴れるが、エリザはかつての仲間たちに押さえつけられ動けない。

ゴーレムに助けを求めようとしたエリザだったが、仲間を傷つけてしまうと思うとそれも躊躇われた。

優しく大人しい性格のエリザは、仲間を傷つけるくらいなら自分が傷つくことを選ぶような少女だった。

だから、動けない。とめどなく溢れる涙を気にも留めず、魔物使いは針をゆっくり押し込んでいく。

そして——

「いよう」

背後からの声に、魔物使いの手が止まる。

声の主は異国姿の冒険者——リョウマであった。

「何だねキミは？」

立ち上がり、リョウマの方を振り返る魔物使いは、不機嫌さを隠そうともしていなかった。

「いやぁ参ったね。驚いた」

魔物使いの問いを、リョウマは大きな声で遮る。

まるで貴様と交わす言葉はない、とでも言うように。

「一晩の宿を求めてこの家を訪ねてみたはいいものの屋敷は魔物の巣窟……慌てて中に探しに来て見りゃあ、なんと魔物に人間が襲われているってなもんだ」

リョウマはエリザと魔物使いを交互に見やる。

エリザは絶望に目を伏せた。

（そうだ、この人はニンゲンなんだ。ニンゲンはニンゲンの味方をするに決まっている）

殺さなかったのだって、食べ物をくれたのだって、ただの気まぐれに違いない。

気分で逃がした虫を他の人が殺そうとしてたって止めないだろう。

人は人、魔物は魔物、どう考えたって同族の味方をするものだ。

エリザ自身だってそうする。

誰だってそうだ。

万事休す。覚悟を決めるエリザの耳に聞こえたのは、信じがたい言葉だった。

「魔物の頭目はてめぇか？　豚鬼(オーク)さんよ」

「ぶきっ⁉」

思わず変な声を上げる魔物使いにリョウマの刀――凩は向けられていた。

「なっ⁉　誰がオークだ失礼なっ！　魔物はあの小森人、ミルフどもだ！」

「見えねぇな。どう見てもあんたの方が魔物顔だぜ？」

「人を見かけで判断するなと教わらなかったのかね？　今は聞き分けのない魔物を調教中だ。邪魔をするなら……」

ふと、魔物使いが気付く。

どうやって入ってきたのだこの男は。

屋敷の門番は小間使いだが、無理やり入ろうとすれば笛を鳴らし、放し飼いにしてある魔物が一斉に集まってくる手筈である。

屋敷の警護をしている選りすぐりの魔物が十六体、こいつに襲い掛かったはずである。

(なのに何故……ッ⁉)

魔物使いはようやくリョウマの様相に気付く。

その手に握られた刀は血濡れで真っ赤。たなびく青縞外套も返り血を浴び、鮮やかな赤と青が互いに主張し合っていた。

道中、無数の魔物を斬って来たのは明らかだった。

それでもなお衰えぬリョウマの足取りを見て、魔物使いは思わず一歩下がる。

(……こいつを敵に回すのは、存外厄介かもしれないな)

数多の魔物と対峙してきた魔物使いのカンがそう言っていた。

リョウマの胸元で光る銅のプレートを見て、魔物使いは後退を止めた。

所詮、この男は銅等級。銀等級である自分の敵ではない……が、わざわざ戦う必要もない。

何よりこれ以上ここで暴れられては困る。

穏便に済ませてやるか、と魔物使いは内心ため息を吐いた。

「……今からこの魔物を躾けるところなんだ。入ってきたのはまぁ……後の話にしよう。とにかく今は出て行ってくれ。キミには関係ないだろう?」

「関係ない、ね。確かにそうかもしれねぇ」

リョウマは魔物使いに一歩近づく。

その目は言葉に反して「関係ない」とは言っていなかった。

「その子は同じ釜の飯を食った仲間でね。見過ごせねぇんだわ」

「仲間……? 魔物が仲間とは笑わせてくれますね」

「おいおい、自分は家族だっていってたじゃあねぇかよ?」

「えぇ家族ですとも。私を命を懸けて守り、何も言わずとも身の回りの世話を全てしてくれる……これが家族でなくて何というのですかな？」

どこかやけっぱちになった魔物使いの言葉にリョウマは目を細める。

この男は家族に対してそう言った気持ちしか感じていないのだ。

感謝も、情もなく只々便利で使い勝手のいい駒、としか。

リョウマは担いでいた凩を振るった。真っ赤な血糊が地面に華を咲かせた。

「やはり、テメェみたいなのは好かねぇな」

「そうですか。私も嫌いですよ。あなたのような愚か者はッ！」

先手必勝とばかりに鞭を振り上げた魔物使いだったが、既にリョウマはその懐に潜り込んでいた。

――後の先。

打ち込もうとする相手の動きを先読みし、振りかぶった隙を突いたのだ。

大きな実力差がないとできない芸当である。

そして一閃、振り抜かれた刃は魔物使いの鞭を寸断してしまった。

振り下ろされるはずだった鞭はバラバラと魔物使いの足元へ落ちる。

「な……ッ!?」

驚愕の表情を浮かべる魔物使いの顔にリョウマが拳を叩きつける。

衝撃に醜く歪む顔。何度もバウンドし、転がっていく魔物使いをエリザはぽかんとした顔で見ていた。

そんなエリザにリョウマは声をかける。

「おぅ、また会ったな。ちびっこ」

「何故、こんなところに……？」

「月がきれいだったから、散歩がてらにな」

今宵の月は出ておらず。

わかりやすい照れ隠しだった。

リョウマは編み笠を被り直すと、エリザに手を差し伸べる。

「おら、とっとと出るぞ」

「あ……でもみんなが……」

エリザの視線の先、小森人たちが虚ろな目で二人を見ていた。

リョウマはそれを見て眉を顰める。

(阿片の類……しかも深いな)

リョウマの故郷にも似たものはあった。

鎮痛剤にも使われていたが、脳の働きを鈍らせ廃人を生んでしまう事から固く使用を制限されていた薬である。

あまり知識はないリョウマではあるが、薬で壊れ再起不能となった者を何人か見た事がある。

小森人たちの様子も同様の末期症状……治療不可能なレベルまで進んでいるのだけはわかった。

リョウマはすがる様なエリザに、首を横に振る。

「やめておけ。こいつらはもう助からねぇ」

「でも……」

泣きそうな顔のエリザの頭に、リョウマはぽんと手を載せた。

「……とはいえ俺に止める権利はねぇ。好きにするといいさ」

「……うんっ！」

リョウマの言葉にぱあっとエリザの顔が明るくなる。

呆けた仲間たちの手を引き、外へ出るよう懸命に促している。

その甲斐あってか小森人たちの足はエリザの方へ向いていた。

「とにかく外へ……」

「おっと、そうはいきませんねぇ」

よろめきながら、顔の腫れた魔物使いが近づいてくる。

その周りにはいつの間に檻から出したのだろうか、魔物たちが固めていた。

エリザがここに来る時に見た魔物たち……千本の毒足を持つサウザンドワーム。歪なほどに発達した筋肉を持つトロール。鋭い牙を持つ二つ頭、その上炎まで吐くヘルハウンド。そして巨体に加え武器を操る牛頭ミノタウロス。

いずれもこの辺りでは目にかかれない高レベルの魔物たち、魔物使いのお気に入りである。

吹き飛ばされた魔物使いはリョウマらが話している隙に、鍵を開けて回っていたのだ。

そして並べた魔物使いが持つ最強の四体。

魔物使いは勝利を確信した笑みを浮かべていた。

「くふふ、先刻は油断しましたが、これだけの魔物を相手にしてどうにかできると思いますか？　私を怒らせた罪、その命をもって償ってもらいましょうか」

勝ち誇る魔物使いに、しかしリョウマは冷めた目を返す。

憐れむように首を振り、ため息を吐いた。

それが余計に魔物使いをいらだたせた。

「～～～ッ！　行けっ！　奴を殺すのだ！」

「ブオオオオオオ!!」

魔物使いの号令で魔物たちが襲いかかって来た。

リョウマはそれを一瞥し、凩を抜く。

まず飛びかかって来たのはサウザンドワーム。

片側だけでも数百本の腕には、その全てに猛毒針が生えている。

いずれか一本がリョウマを捉えればそれで終わり——だがそれも当たればの話である。

既に振るわれた刀はサウザンドワームの半身を切り裂いていた。

慌てて振り上げたもう半身も、返す刀でばっさりと。

青色の体液をまき散らしながらサウザンドワームは地面をのたうち回る。

その上に着地したリョウマを狙うべく、トロールが体当たりを仕掛けてきた。

巨大な岩石を思わせるような肉体だが、その身体は岩石ではなく普通の生肉だ。なれば斬れぬ道理もない。

トロールの背に跳び乗ったリョウマはそのすがら、首元に斬撃を加えていた。

動脈を深く裂かれ、吹き出す鮮血。

リョウマがその背から跳んだ時、トロールは石床に倒れ伏していた。

そのままヘルハウンドへ斬りかかるリョウマ。

やらすまいとヘルハウンドが炎を吐き、それを青縞外套で受ける。

「ぴぎーーっ！」

正確には、ジュエ郎と青縞外套で、だ。

煌くその身体は炎を散らし、当然リョウマにもダメージはない。

ならばと噛みつこうと突進するヘルハウンドだが、リョウマの姿はすでにそこにはなかった。

ヘルハウンドの頭上高く跳び上がっていたのである。

そしてそれをヘルハウンドが気付くことはなかった。

瞬斬、振り下ろされた刀はヘルハウンドの首二つ、まとめて落としていた。

リョウマは次の得物、ミノタウロスを睨み付けた。

「ブルルォォォォ!!」

畏怖に飲まれそうになるのを堪えるようにして、雄叫びを上げるミノタウロス。

戦斧を携えリョウマに斬りかかるも実力差は圧倒的だった。

叩きつけた戦斧は床を砕くも、リョウマにはかすりもせず。

それどころか一撃を加えられ、腕一本、腱を深く断ち斬られていた。

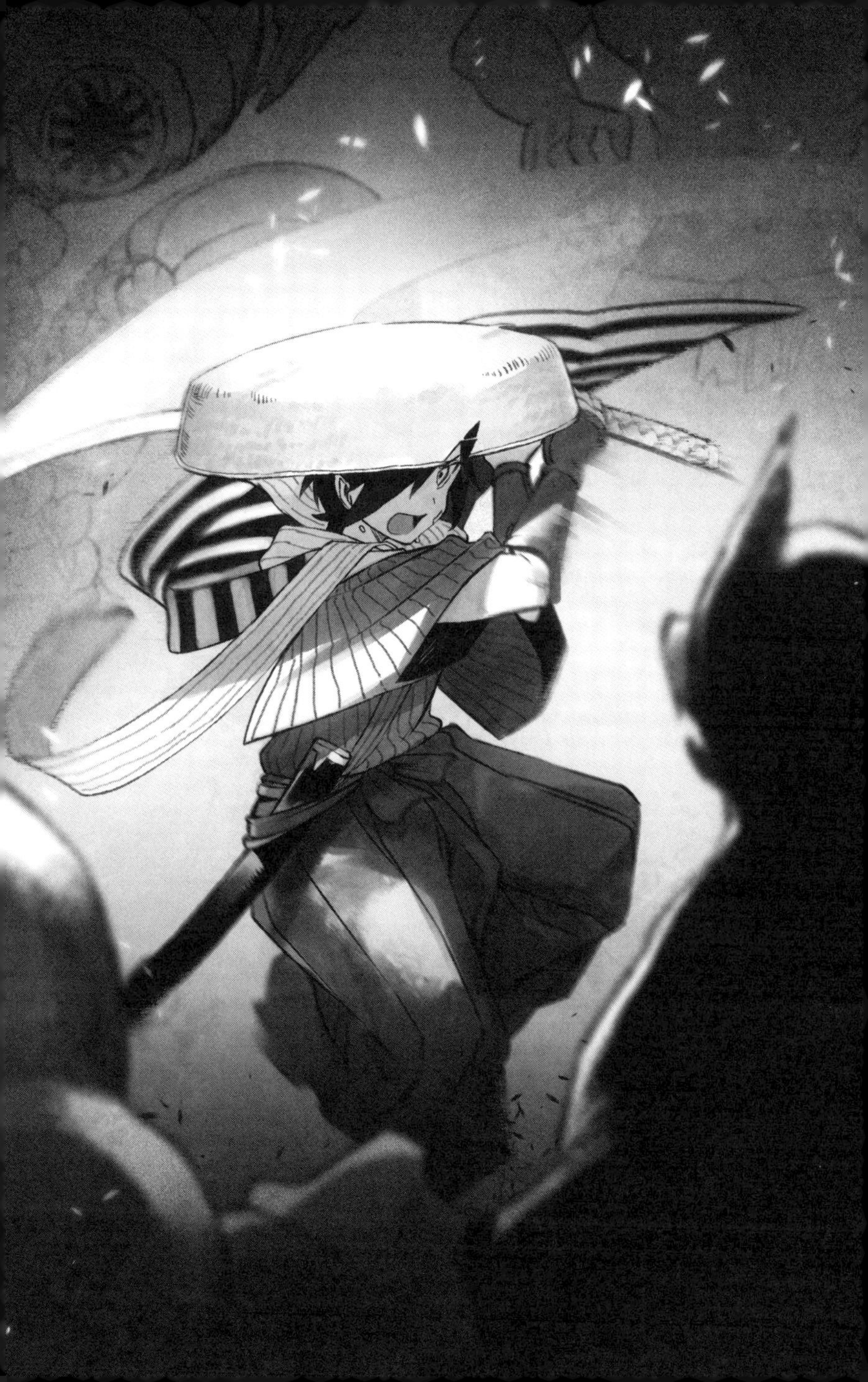

しかし怯まず、ミノタウロスは残った腕でリョウマを羽交い絞めにする。

が、力が入らない。

奇妙に思うミノタウロスだったが、その答えにすぐ気づく。

羽交い絞めにした瞬間、既に腹を貫かれていたのだ。

リョウマが凩を引き抜くと、鮮血と共に臓腑がまき散らされる。

凩を軽く振るうと、魔物たちの入り混じった血が床に美しい半月を描いた。

「さて」

「ひっ……!?」

リョウマの冷たい視線を受け、怯え震える魔物使い。

あっという間の瞬殺劇。魔物使いは声を上げる暇すらなかった。

首に下げたプレートは銅だが、その実力は明らかにそれよりも遥か上。

とてもではないが魔物使いの敵う相手ではなかった。

(いや、待て！　そうだ。こいつは小森人のガキを助けに来た……ならば)

生き残るべく必死に知恵を絞った魔物使いが、起死回生の一手を思いついた。

姑息な笑みを浮かべると、魔物使いは小森人たちに命じる。

「おまえら！　その娘を捕らえろ！」

エリザに連れられ外へ行こうとしていた小森人たちだったが、魔物使いの命令を聞くやすぐさまエリザに襲いかかる。

「きゃあっ!?」

無数の手に押さえつけられたエリザ。

数人がかりで組み伏せられ、動くこともままならない。

それに加え小森人たちの手には刃物が握られていた。

刃物はエリザの首元に押し当てられていた。

「くぅ……はな……して……」

「ちびっこ！」

初めて聞くリョウマの焦り声に、魔物使いは嗤う。

「ふふ、やはりキミは口ではなんだかんだと言っているが、甘っちょろい男ですねぇ」

さもなくば魔物の小娘などに情をかけるはずがない。

そしてそんな甘い男であるならば、人質に取ってさえしまえば動けなくなる。

魔物使いは似たような手で、強力な魔物を倒してきた。

如何に屈強な魔物とはいえど、子供や妻、友人を人質にしてしまえばどうという事はない。

魔物使いは勝利を確信していた。

「くっくっく、私の勝ちのようですねぇ。動いてはいけませんよ。一歩でも動いたらこの娘の命はありませ――――」

言いかけた魔物使いだったが、その表情が驚愕に歪む。

動くな、そう言った直後にリョウマは既に跳んでいたのだ。

真っ直ぐ、最速で、魔物使いの方に。凩を振りかざし。

肉薄寸前。

魔物使いは飛びのき声を上げる。

「そ、その娘を殺しなさい！」


――何という野蛮人な男だろうか。完全に見誤っていた。

愚かだと思ってはいたが、よもやこれほどとは。

だが、まずいことになった。

小森人たちに自分を守らせねば。小娘を殺した後は命を賭して自分を守れ――

そう、言うつもりだった。

自らの喉が斬り裂かれていなければ。

ぶしゃあああああ！　と鮮血の噴き出す音がする。

魔物使いは、声を上げることすら出来ない。

先刻の一撃は、魔物使いの声帯ごと喉を掻っ捌かれていたのだ。

薄れゆく意識の中、魔物使いは既に自分に背を向け、小森人たちの方に駆けていくリョウマの姿を見ていた。

言葉も、戦力も、駆け引きも通じない……リョウマは魔物使いの想定をはるかに超えていた。

「ちびっこ！」

叫ぶリョウマの眼前で、小森人の刃物がエリザを貫こうとしていた。

魔物使いを倒せば止まるかとも思ったが、小森人は命令を着実に遂行するつもりのようだ。

完全に心を失った肉人形。

やはりリョウマの言った通り、既に助かる道はなかった。

すまん、と心の中で祈りながらリョウマは凩を振るう。

小森人のうちの一人、刃物を持った者の腕を斬り落とした。

それでも小森人たちに怯む様子はなく。

落ちた刃物を拾い上げようとしている者が一人。

懐から新たな刃物を手にする者が一人。

そしてエリザを押さえつける者の手は緩まない。

薬に侵されてなお、エリザは彼らを仲間と呼び、助けたがっていた。

だが事ここに至っては、それはもはや不可能である。

覚悟を決めたリョウマは南無三と念仏を唱えた。

「やめてぇぇぇぇぇぇ!!」

エリザの声が悲痛に響く。

どちらに向けられてのものであるかは明らかだった。

小森人たちはその手の刃物でリョウマを、もしくはエリザを狙う。

その度に凩の刃が閃き、小森人たちの身体を斬っては捨てていく。

舞う血飛沫には手足も混じり。辺りは瞬く間に血の海が出来る。

数は上でも戦力差は圧倒的である。

あっという間に小森人全員がリョウマの刃を受け、肉塊と化した。

もはや息をしている者はリョウマとエリザしかいない。

「ぁ……ぁ……」

崩れ落ちるエリザ。

力なく投げ出された仲間たちの手をかき集めるように取り、握りしめる。

胴から千切れ、腕だけとなったものも同様に。

嗚咽し、むせび泣くエリザをリョウマは無言で見下ろしていた。

「……みんな……何で、こんな事に……」

「…………」

リョウマは何も言わない。

エリザが仲間の亡骸を前に悲しむ様子を、ただ見ていた。

しばらく、ただじっと見ていたリョウマだったが、凩についた血糊を拭き鞘へと仕舞う。

柄の鈴の音がしゃりんと、寂しく鳴った。

リョウマはエリザに背を向け、屋敷を後にした。

魔物たちの死体が積み重なる門をくぐり、外へ出ようとしたリョウマは背後から駆け付ける音に振りむいた。

「待って！」

エリザだった。

屋敷から出てきたエリザは仲間の血に濡れていた。

その手には松明が握られている。

屋敷の窓から火がちらちらと見えていた。

火を放ち、仲間を弔ってきたのだろう。

屋敷の火は次第に回り始めていた。

赤い炎に照らされながら、エリザは声を張る。

「……ッ！　わ、私は……貴方を……ッ！　く……ッ！」

言葉に詰まりながら、何らか口走るエリザ。

だがその言葉は要領を得ない。

助けてくれた感謝と、仲間を殺した恨み、先刻屋敷で起こった事……エリザの中では様々な感情がないまぜになっていた。

元々表現力の豊かではないエリザにとって、その言語化は容易ではない。

それでもリョウマは待った。

沈黙が二人を包む中、エリザの口がようやく開かれる。

「……助けてくれてありがとう」

「おう」

「でもッ！　みんなを殺したのは許せない！」

「だろうね」

エリザは頭に思いつくまま、リョウマに感情をぶつける。

短く、ぶっきらぼうに返すリョウマの言葉はエリザの感情を吐き出させた。

「みんなを助けたかった！」

「仇を討ちたかった！」

「でも私には出来なかった！」

「それをあなたがやってしまった」

「助けて欲しかった」

「見捨てて……欲しかった……」

「……一人は……やだ……」


いつしか、エリザはボロボロと大粒の涙を流していた。

エリザの足元に落ちた涙が、乾いた地面に模様を作る。

端正な顔立ちのエリザだが、今は見るに堪えぬ酷い泣き顔だった。

不憫に思ったリョウマは編み笠をエリザの頭に載せた。

その瞬間、あふれる涙。

「うわぁあああああんッ!!」

涙と共にこぼれそうだった感情が全て、溢れる。

エリザはリョウマに抱きつき、小さな拳でその胸を叩いた。

何度も何度も、そんなエリザをリョウマはなにもせず、ただ受け止める。

抱きしめてやることも、慰めることも、涙を拭いてやることもせず、ただそのままに。

エリザの泣き顔が、轟々と燃え盛る炎に照らされていた。


どれくらいそうしていただろうか。エリザの嗚咽は収まっていた。

憑き物の落ちたような顔で、リョウマをじっと見ていた。

その頃には屋敷も燃え落ちていた。

どれほど大きくとも所詮は一軒家。燃え始めれば一瞬である。

エリザはリョウマに預けていた身体を、ゆっくりと離す。

「……気が済んだかい」

「うん」

「そうかい」

それだけ言って、リョウマはエリザに背を向ける。

もはや語る言葉などはない。

この子の仲間を、今度は本当に斬ったのだ。

恨み言も先刻うんざりするほど聞いた。

これ以上一緒にいても、互いに不幸にしかならないだろう。

そう思ったから、リョウマは背を向ける。

しかしエリザは違った。

未だ感情の整理はついていないエリザは、思わずリョウマに声をかけた。

「あなたは……ッ！」

だが言葉が続かない。

仲間も失い、住む場所も失い、そして目的も失った。

これからどうしていいのかわからないのだ。

目の前が暗くなるような……心細さにエリザは、すがるように声を絞る。

「あなたはこれから、どうするの……？」

自分に問いかけるべき言葉。

それをエリザは何故かリョウマに問いかけていた。

どうするべきか、その答えを聞きたかったからかもしれない。

リョウマは少し考えた後、その問いに答える。

「さぁてね。風の向くまま気の向くままさ」

リョウマの適当な答えに、途方に暮れていたエリザの視界が開けた気がした。

今までだってそうだ。考えても答えなんて出なかったではないか。

「……じゃあ私も」

「ん」

「私も、そうする！」

「そりゃいい。自分のしたいようにしねぇ」

「うん！」

暗く沈んでいたエリザの顔が初めて明るくなったのを見て、リョウマも微笑を浮かべた。

エリザはそれを見て目を丸くする。

仏頂面で何を考えているのかわからぬニンゲン、だと思っていた。

こんな風に笑うのか。

この人は、そこまで怖いニンゲンではないのでは、と思った。

「あなたの、名前は？」

「リョウマだ」

「そう……私はエリザ」

「ふぅん」

ぶっきらぼうに返すリョウマの背中に、エリザは駆け寄る。

そして付き従うように、その後ろを歩き始めた。

リョウマは振り返り、エリザに問う。

「……何でついて来るんだい？」

「私は私の行きたい方へ行ってるだけですから」

その顔はどこか晴れやかで、先刻までなかった強さを感じさせた。

何を言おうがついて行く。そんな強さを。

エリザはリョウマの青縞外套を掴み、離さない。

「ぴー？」

ジュエ郎が青縞外套の中からリョウマを見て、鳴いた。

リョウマは編み笠を深くかぶると、ため息を吐いた。

「……好きにしねぇ」

長い夜は終わった。

昇りかけた朝日を拝みながら、リョウマは帰途へつくのだった。

エピローグ

「いよう、異国の」

「おう、槍使い」

冒険者ギルドにて、声をかけて来たのは槍使いドレントである。

ドレントはリョウマの青縞外套をしっかと握るエリザを見つけると、早速それに食いついた。

「おいおい、今日は子連れかぁ？」

「まぁな」

エリザはドレントの視線を躱すように、フードを目深に被る。

緑色の素肌を見て、ドレントはふぅんと頷く。

「亜人……いや、半魔だな。ワケありみてぇだな。詳しくは聞かないぜ」

「ありがたいね」

「へっ、そう思うなら一杯奢りな」

「しゃあねぇな」

ドレントが差し出したグラスに、ずだ袋から取り出した徳利を差し向ける。

きゅぽんと栓を外して傾けると、やや濁った透明の液体が注がれていく。

「変わった酒だな」

「俺の故郷の味さね。にごり酒ってもんだ」

「ふぅん……ぶっ！　辛ぇ！」

口に入れた瞬間、ゲホゲホと咳き込むドレントを見てリョウマはくっくっと笑う。

「テメェ！　笑いやがったな⁉」

「悪気はねぇさ。勘弁してくれよ」

「……ちっ、今回だけだぞ」

そう言ってドレントは、グラスを口につける。

ぐびぐびと、苦そうにしながらも、その全てを飲み干した。

だん！　とグラスをテーブルに叩きつけ、熱い息を吐いた。

「くはぁーーーッ！」

呆れた顔でリョウマは言った。


「無理はしなくていいんだがな」

「馬鹿野郎、冒険者ってぇのは舐められたよぉ、終わりなんだよ！　らぁ！」

強がるドレントだったが、その顔は真っ赤で呂律も怪しかった。

「おいおいドレント！　酒に弱いのは相変わらずだなぁ」

「なら飲むなっての！　ぎゃははは！」

周りの冒険者たちは声を上げて笑った。

ドレントは今度は押さえなかった。

「テメェら！　笑いやがったな⁉」

言うや否や、テーブルに飛び乗って始まる大立ち回り。

「……また暴れて……悪い人ではないんですけれどね」

いつの間にかリョウマの隣にいた受付嬢が、ぽつりと呟く。

いつも通りの鉄面皮。だが何故か、その表情は少しだけ柔らいで見えた。

「照れ屋だから、暴れて誤魔化しているのですよ。まぁ仲良くしてあげてください」

「仲良く、ね」

リョウマは旅人の言葉を思い出していた。

真の仲間ってのは、作るもんじゃなく、出来るものだ。

そうして出来た仲間は大事にしておけ。

と、そんな感じの言葉だったか。

気づけばリョウマの周りには、人が増えていた。

槍使いに受付嬢……老人もそうだろうか。

人、という括りから外れれば、宿の主人にジュエ郎、まっどん、鳶助、エリザだってそうだ。

彼らを仲間と呼んでいいのかはわからない。

わからない、が。大切にすべき友だとは思っていた。

ぼんやりとそんなことを考えるリョウマを、受付嬢がじっと見ていた。

その頬はほんのり桜色に染まって見えた。

「どうしたぃ？　人の顔をじっと見てよ」

「……別に、何でもありません」

ぷいと横を向き、受付嬢はリョウマに依頼書を渡した。

「これ、リョウマさん向きの依頼です。とっておきました」

「そうかい。いつも悪いな」

「いえ」

そう言った受付嬢の顔は、普段通りの鉄面皮に戻っていた。

リョウマは依頼書を受け取ると、席を立つ。

「じゃあ、行ってくるぜ。……いくぞ、ちびっこ」

「は、はい」

慌てて立ち上がるエリザを連れ、リョウマはギルドを後にする。

青縞外套が風に揺れ、ふわりとなびく。

その風は初めてこの街に来た時よりも、少しだけ暖かかった。

《了》

特別収録・リョウマの大陸メシ

「ここが大陸……」　停止した大型船の上から、リョウマはぐるりと辺りを見渡した。

ここは大陸の玄関、様々な人間が行き来する大港だ。

他の大陸の人間も数多くおり、道行く人々の数は故郷とは比べものにならない。

その中でも異国風の格好をしたリョウマは目立っていた。

尤も本人はそれを気にするそぶりもなく、堂々とした態度で桟橋を降りていく。

乗舟券売場には、船の出航スケジュールが張り出されていた。

「冒険者ギルドのあるベルトヘルンへは、違う船に乗り継がねェとな。船は……三日後か。しばらくここで足止めだな」

リョウマの目的地へはこの大港から船と陸路を乗り継がねば辿り着かない。

その為には勿論路銀が必要。しかし今まで使っていたものは使えない。

国が違えば貨幣も違う。

他の大陸から来た旅人は、まずは金を大陸で使えるものに交換せねばならないのだ。


そんなわけで、リョウマは近くにあった換金所の中に入る。

ここではあらゆる国の貨幣を取り扱い、レート毎に換金してくれるのだ。

カウンターには筋骨隆々の男が立っていた。

リョウマはずだ袋から取り出した金を、カウンターの上に置いた。

銅のコインに四角い穴が開いた貨幣がジャラジャラと並ぶ。

「倭国民とは珍しいな。両替かい？」

「あぁ、全額頼む」

「ほいよ。ちょっとまってな」

男が奥に行き、リョウマがしばらく待っていると何枚かの銀貨と銅貨を持ってきた。

「おまちどう！　五円と八十銭、大陸では銀貨十五枚、銅貨二十九枚だ。使いやすいように小銭を多くしておいてやったぜ」

「ありがてェ。恩に着るぜ」

リョウマはそれを受け取ると、小銭袋にしまい込んだ。

換金所を出ると、ぐるるるるる、とリョウマの腹の音が鳴る。

船での食事はロクなものではなく、リョウマの腹は限界だった。

「……とりあえず、メシだな」

リョウマはそう呟くと、美味そうな匂いのする方向へ、鼻の導くままに向かう。

辿り着いた先は場末の大衆食堂を思わせる食事処だった。

汚らしいが、庶民じみたところが少しリョウマ好みであった。


「邪魔ァするぜ」

扉を開くとガラガラと五月蠅い程の音が鳴る。

建てつけが悪いのは明らかで、中は外よりも更にぼろく、時間が外れているからか客の姿は見えなかった。

奥では店主が暇そうに本を読んでいた。

「おう、らっしゃい」

店主はリョウマに気づくと、無愛想な顔で言った。

リョウマは席に着くと品書きを見て注文をした。

「この『ぽぉくそてぇ』ってのと、『こんそめすぅぷ』ってのを一つずつ。

「あいよ」

慣れない単語の為、怪しい発音だったが店主は気にせずフライパンを振るい始める。

しばらくして、店主はリョウマの前にポークソテーとコンソメスープを差し出した。

美味そうな匂いがリョウマの鼻をくすぐる。

「いただきます」

そう言ってリョウマは感謝するように両手を合わせ、軽くお辞儀をした。

自前の箸を取り出し、ポークソテーへと伸ばす。

(ふむ、色と匂いからして、こいつは分厚い猪肉を味付けし、丁寧に焼いたものか。一口で食べやすいように切り分けられているのも、嬉しい心遣いじゃねェか)

肉切れを箸で掴むと、はふはふと息を吹きかけながら口に入れる。

程よい硬さに焼き上げられた豚肉、香辛料とソースがたっぷりかけられており、独特の風味を醸し出していた。

今まで食べた事のない味に、リョウマは舌鼓を打った。

（ヘェ、こっちの猪肉はずいぶん柔らかいんだな。臭みも少ないし、食べやすい。このタレ……醤油に似てるがかなり甘い。大陸の味付けは大味だと聞いていたが、そのぶん大衆ウケはしそうだな）

もう一つ、豚肉を摘んで口に入れる。

味わって食べるリョウマの顔は、先刻よりも難しい顔をしていた。

（んー、随分と味が濃いな。二切れも連続して食べると、白米が欲しくなってくるところだぜ。だが、残念ながら品書きに書いてねェ。ならば汁物で薄めるとするかい）

リョウマは今度はコンソメスープに手をかける。

ずず、と音を立てて一口すする。

（ほう！　こいつァ獣の骨で取った出汁か！　ウチの故郷じゃ魚で出汁を取るもんだが、これはこれで違った風味が楽しめるもんだ！）

洗練された味付けのスープは、舌にこびりついた肉の味を洗い流していく。

二つの味の相性は最高で、リョウマはポークソテーとコンソメスープを交互に食べ始める。

（なるほど、獣肉には獣骨の出汁がよく合うのか。言うならば焼き魚に味噌汁をつけて食べる朝食！不味いハズがねェ！　こいつは当たりだ！）

一心不乱に食べるリョウマを、店主は横目で嬉しそうに眺めていた。

「……ふぅ、ごっそさん！」

再び手を合わせ、頭を下げる。

感謝の言葉を店主に言って、リョウマは席を立つ。

「あいよ、銅貨一枚だ。いい食いっぷりだな。兄ちゃん」

「美味かったからだ。また来るぜ」

「毎度ォ！」

リョウマは店主に金を支払うと、木を削り出した楊枝を咥えて街に繰り出す。

「ふむ、大陸の料理ってのも悪かねェ。今度は甘味も試してみるかね」

ぶらぶらと、リョウマは「足止め」を楽しむのだった。

《特別収録／リョウマの大陸メシ・了》

あとがき

初めまして。謙虚なサークルと申します。

まずは木枯らしリョウマ、手に取っていただきありがとうございました。

この作品はジャンル的には現在流行の所謂異世界ものですが、これはそれに時代劇のアクセントを加えたものとなっております。

そうです。タイトルからわかるかもしれませんが時代劇、好きなんです。

幼い頃、死んだ爺ちゃんの家によく遊びに行っていたのですが、何もない田舎での数少ない楽しみが時代劇だったのです。（ちなみにもう一つは火サス）

悪い奴をバッタバッタと切り倒す姿は子供心にとても心地よく、気づけば夢中になって見ておりました。

――流れの剣士が村にふらりと立ち寄り、よそ者故にぞんざいな扱いを受け、しかして非道を許さぬ正義の徒。

剣戟が鳴り響き、怪しき魔道が乱れ飛ぶ、チャンチャンバラバラな武侠もの――

木枯らしリョウマはそれを目指して書き上げたものです。

筆の向くまま気の向くまま、リョウマに剣を振るわせるのは心地よいものでありました。

また挿絵も素晴らしいものであり、リョウマの活躍がありありと描かれております。

イラストを担当して下さった転さん、そして関わって下さった全ての人に、この場を借りて感謝を述べさせていただきます。

もちろん読者の方々にも最大限の感謝を！

ではまた機会がありましたら、よろしくお願いいたします。

謙虚なサークル

木枯らしリョウマ異国道中記 1

発 行
2018 年 9 月 15 日 初版第一刷発行

著 者
謙虚なサークル

発行人
長谷川 洋

発行・発売
株式会社一二三書房
〒 102-0072 東京都千代田区飯田橋 2-14-2 雄邦ビル
03-3265-1881

デザイン
okubo

印 刷
中央精版印刷株式会社

作品の感想、ファンレターをお待ちしております。

〒 102-0072 東京都千代田区飯田橋 2-14-2 雄邦ビル
株式会社一二三書房
謙虚なサークル先生／転 先生

Printed in japan, ISBN 978-4-89199-523-2

※本書は小説投稿サイト「小説家になろう」（http://syosetu.com/）に
掲載された作品を加筆修正し書籍化したものです。